AF186790

Andreas Kühne

Alles möglich

Roman

Bibliografische Information der Deutschen Bibliothek
Die Deutsche Bibliothek verzeichnet diese Publikation in der Deutschen
Nationalbibliografie; detaillierte bibliografische Daten sind im Internet
über http://dnb.d-nb.de abrufbar

Kühne, Andreas
Alles möglich
Roman
Herstellung und Verlag: BoD - Books on Demand, Norderstedt
Umschlaggestaltung: Ilja Mess
Umschlagbild: Heinke Sanders
Lektorat: Christiane Saathoff
ISBN: 978-3-7460-1386-2
© 2017 Andreas Kühne

Für Sanna

1

Es war ein Freitagnachmittag im Mai. Vor den Straßencafés in der Fußgängerzone saßen vereinzelt Menschen und genossen das schöne Wetter. Bill Fehsenberg folgte einer Familie mit prall gefüllten Einkaufstüten, bis sie an einer U-Bahn-Station in den Untergrund verschwand. Eigentlich machte er immer einen großen Bogen um die Fußgängerzone, doch heute war er nach dem Praktikum noch beim Einwohnermeldeamt gewesen. Sein Vermieter hatte ihn letzte Woche darauf hingewiesen, dass er seine Anmeldebestätigung nachreichen müsse, schließlich war er noch in seinem Heimatdorf Knesebeck gemeldet.

Nun war er beglaubigter Bürger dieser Stadt und überlegte zufrieden, ob er gleich noch einen Kaffee trinken sollte. Doch die Vorstellung, sich in eines der Innenstadtcafés zu setzten, schreckte ihn ab. Es erinnerte ihn an die Stadtbesuche mit seinen Eltern. Anderthalb Stunden Autofahrt, rein in die Kaufhäuser, Sachen anprobieren, »Du bist aber groß geworden, Junge«. Anschließend waren sie jedes Mal zum Kaffeetrinken und Kuchenessen in einem der Innenstadtcafés gewesen. Bill beschloss, stattdessen in seinem Stadtteil einen Tee zu trinken, vielleicht in Verbindung mit einer türkischen Linsensuppe, das war gut und das hatte er sich verdient.

Er hatte den Hauptbahnhof fast erreicht, als er eine bekannte Stimme neben sich hörte.

»Hey, Bill, alter Gestalter. Hast du einen Moment Zeit für ’ne Umfrage?«

Bill drehte sich um. »Mensch, Richard, was machst du denn hier?«

»Ich betreibe Marktforschung«, tat Richard gespielt wichtig.

»Machst du das immer noch?«

»Jaja, läuft aber nicht so gut, bist erst der Dritte heute. Also, machste mit?«

Bill kannte Richard flüchtig von einer Party, bei der er mit Sebastian gewesen war. Er hatte Richard am Tresen kennengelernt und sie hatten sich über ein Mädchen lustig gemacht, das völlig betrunken mit einem Zwanziger wedelnd »Sekt für alle« gerufen hatte. Bill hatte »Ich nehme lieber ’n Bier!« gerufen und Richard hatte sich lauthals angeschlossen. So war eine Solidarität entstanden, die zumindest solchen Situationen standhielt.

Bill stimmte zu und sie gingen in ein Geschäftshaus, in dem sich ein kleines Büro des Instituts befand.

»Also okay«, sagte Richard, nachdem sie sich gesetzt hatten. »Ich brauche dringend noch ein paar Erhebungen von Männern über sechzig!«

»Männer über sechzig? Was soll das denn?«

Richard tippte mit seinem Finger auf das Blatt Papier. »Sechzig Jahre und älter. Da hat bisher nur mein Opa mitgemacht.«

Bill grinste. »Meinetwegen. Um was geht’s?«

»Aftershave! Duft, Hautverträglichkeit, Werbewirksamkeit und so.«

»Aha«, Bill hob die Brauen. »Männer über sechzig nehmen Old Spice, die lassen sich nicht mehr verarschen.«

»Wahrscheinlich doch«, sagte Richard. »Pass auf, du musst nur ein paar Fragen beantworten und dann gebe ich dir noch ein paar Duftproben mit. Das war's. Dafür gibt's zehn Märker.«

Richard nahm die persönlichen Daten auf. »Wird nicht weitergeleitet, wird nach der Auswertung sofort gelöscht«, antwortete er auf Bills Frage, ob man denn so einfach beim Alter schummeln könne.

So richtig gut fühlte er sich dabei nicht. Er mochte es nicht, wenn irgendwelche Institute seine Daten besaßen, noch dazu gefälschte, aber er machte mit und beantwortete die Fragen mit den erstbesten Gedanken.

»Da werden deine Strategen aus der Werbeabteilung aber auf die falsche Fährte geschickt«, sagte Bill. »Wegen des Alters, mein ich.«

»Die wissen doch, wie das läuft. Und so wie ich das bisher sehe, würden deine Antworten auch nicht berücksichtigt werden, wenn du sie auf dem Bogen für Zwanzigjährige beantwortet hättest.«

»Wenn das so ist, könnte ich diese Umfrage ja auch sein lassen, quasi boykottieren. Strich durch und gut.«

»Nee, das lassen wir schön sein«, sagte Richard, »dieser ausgefüllte Bogen ist bares Geld für mich, krieg ich fünfzehn Mark für. Dann lieber auf die falsche Fährte schicken.«

Bei der nächsten Frage überlegte Bill, warum sie das denn nun wieder wissen wollten: Wenn Sie wählen könnten, wo Sie am liebsten wären, wo wäre das?

»Was soll das denn? Kriegt man da eine Reise geschenkt oder was?«

»Ist für die Werbeleute, sag schon was«, drängelte Richard ungeduldig.

»Das ist doch hypothetischer Scheiß«, sagte Bill. »Keine Ahnung.«

»Ist halt so, die interpretieren da dann irgendwas rein. Ist so was Assoziatives. Sag irgendwas!«

Aber Bill fiel noch nicht mal irgendwas ein. Plötzlich erinnerte er sich an das Bild eines deutschen Ruheständlers, der gefällig vor einem argentinischen Gutshaus saß. Er hatte letztens so etwas in einer Fernsehreportage gesehen. Der Rentner hatte mit einem Arm gestikulierend seinen weitläufigen Besitz gezeigt, mit dem anderen Arm hatte er eine junge Argentinierin an sich gepresst. Bill bezweifelte stark, dass dieses Bild stellvertretend für die besagte Generation stand, aber der erste Gedanke zählte. Also sagte er: »Argentinien vielleicht.«

Richard stutzte und tippte etwas in den Computer. »Ich mach das heute Abend fertig«, sagte er. »Ich war bis vier in der Vorlesung Identitätskonstruktionen in der Spätmoderne.« Er formte seine Hand zu einer Pistole und hielt sie mit dem Zeigefinger vorneweg gegen seine Schläfe. »Kommst du noch mit ins Klein Kröpcke?«

»Ja, können wir machen, hab eh nichts vor.«

Richard kramte in seiner Tasche. »Scheiße, ich hab keine Duftproben mehr. Ich komme morgen Abend noch mal kurz bei dir vorbei.«

»Mach das«, sagte Bill. Sie verließen das Büro und fuhren ein paar Stationen mit der U-Bahn in die Nordstadt. Wenig später saßen sie am Tresen der Kneipe.

»Was hast du am Schluss eigentlich geschrieben, ich meine, bei der letzten Frage?«, erkundigte sich Bill.

»Urlaub! Da gibt es nur drei große Kategorien, auf die Rücksicht genommen wird: Urlaub, Familie oder Eigenheim. Und Argentinien ist doch Urlaub, oder?«

»Was soll das denn? Ich könnte mir ja später auch ein Haus in Argentinien bauen oder so eine hübsche Argentinierin heiraten. Ich meine, ich hab die Frage doch beantwortet. Warum hast du einfach nur Urlaub daraus gemacht?«, fragte Bill, genervt von Richards Interpretation.

»Ist doch egal, ich dachte, du hättest Urlaub gemeint«, verteidigte sich Richard.

»Wenn es eh egal ist, dann kannst du die blöden Fragebögen ja auch selber beantworten. Ich meine, dann schreibst du da irgendwas rein und denkst dir irgendwelche Adressen aus.«

»Ab und zu rufen die bei den Leuten an, um noch mal nachzufragen. So stichprobenmäßig. Ist besser, du hast eine richtige Adresse«, sagte Richard.

»Aha, das heißt also, dass sich vielleicht so 'n blödes Umfrageinstitut bei mir meldet und wissen will, warum ich gerne in den Urlaub fahre. Und ich muss dann mit sonorer Stimme antworten, dass ich es mir verdient hätte und dass dieses Aftershave die große weite Welt bedeutet.«

Bill wusste nicht, ob er sauer oder amüsiert auf Richards Sorglosigkeit reagieren sollte.

»Also, wenn ich in vierzig Jahren noch leben sollte, dann findest du mich hier«, sagte Richard halb zu Bill und halb zu der weiblichen Bedienung, die gerade zwei Flaschenbiere auf die Deckel knallte.

»Aber mich ganz bestimmt nicht, macht sechs fuffzig.«

Richard fing an, sie in ein Gespräch zu verwickeln. Sie überboten sich gegenseitig mit Vorschlägen, wo sie später am liebsten leben wollten und was sie dann so alles machen würden. Bill saß da und hatte das eigensinnige Gefühl, als würde das alles auf seinem Rücken ausgetragen. Er trank das Bier aus und verabschiedete sich.

Aufgewühlt lief er durch die engen Gassen der Nordstadt. Richard hatte ihn schon die ganze Zeit nicht ernst genommen. Den interessierte doch nur, dass er das Honorar für die ausgefüllten Fragebögen bekam. Egal wie. Und dann hatte er noch diese dämliche Bedienung auf seiner Seite gehabt, die den ganzen Quatsch sogar witzig gefunden hatte. Bill war so in Rage, dass er fast gegen einen Mülleimer gelaufen wäre. Insgeheim ärgerte er sich über sich selbst, dass er so mimosenhaft die Kneipe verlassen hatte. Das war auch nicht besser, aber zurück wollte er nun nicht mehr.

Wenn er ehrlich war, wusste er wirklich nicht, wo er jetzt am liebsten wäre. Er wusste nur, dass es gut gewesen war, aus Knesebeck wegzuziehen, obwohl das Großstadtleben und das Praktikum nicht so waren, wie er sich das vorgestellt hatte. Genau genommen hatte er sich gar nichts vorgestellt, er hatte einfach die erstbeste Gelegenheit genutzt, seinem Heimatdorf zu entfliehen.

Gedankenverloren ging er den E-Damm entlang, wo sich langsam die Kneipen füllten. Junge Leute kamen ihm gut gelaunt entgegen und freuten sich augenscheinlich auf den bevorstehenden Abend. Vorfreude ist die schönste Freude, kam es ihm mit einem Mal in den Sinn. Solche Sprichwörter beruhten auf Erfahrung, da musste also was dran sein. Seine Großmutter hatte immer gesagt, dass es zu Hause am schönsten sei. Aber nach Hause wollte er nicht.

Seit Sebastian, sein einziger Freund in der Stadt, ein Auslandssemester in Norwegen machte, war nicht mehr viel los, vor allem die Wochenenden waren trostlos.

Inzwischen hatte er den Bahnhofsvorplatz erreicht und ging in den Hauptbahnhof, das Nadelöhr zur Oststadt. Über die Lautsprecher wurde ein Interregio Richtung Fulda ausgerufen, der in zehn Minuten abfahren sollte. Kurz entschlossen kaufte Bill am Fahrkartenautomaten ein Guten-Abend-Ticket. Damit konnte er bis nachts um zwei mit der Bahn herumfahren und das war zumindest besser, als zu Hause herumzusitzen und Trübsal zu blasen.

Er ging auf den Bahnsteig, stieg in den eingefahrenen Zug und suchte sich ein leeres Abteil. Nach einer viertel Stunde hatte er die Stadt hinter sich gelassen.

Bill sah aus dem Fenster, an dem schemenhafte Umrisse vorbeiflogen, und freute sich, etwas zu unternehmen, auch wenn das hier eine ziemlich seltsame Aktion war. Er fragte sich, ob das jetzt noch die Vorfreude war oder schon die Freude, mittendrin zu sein. All so ein Zeug dachte er, während sich draußen der Abend in die Nacht verwandelte.

Bill schreckte auf. Der Interregio holperte unruhig durch ein Wohngebiet. Er schob das Fenster herunter und der Wind schlug ihm ins Gesicht. Wo zum Teufel war er? Wie lange hatte er geschlafen? Was hatte ihn bloß getrieben, sich in den nächstbesten Zug zu setzten?

Als der Zug in einen Bahnhof einfuhr, stieg Bill Hals über Kopf aus und sah dem abfahrenden Zug hinterher. Hünfeld stand auf dem verwitterten Schild am Bahnsteig und er fragte sich, wo in aller Welt das war. Es war weit und breit keine Menschenseele zu sehen. Der Fahrkartenschalter in der Bahnhofshalle war mit Brettern vernagelt und der eingetretene Rollladen, hinter dem er einen Kiosk vermutete, hing schief herunter. Bill stellte fest, dass der nächste Zug zurück nach Hannover erst um halb sieben fuhr. Jetzt war es gerade mal viertel nach drei.

Er ging die Bahnhofstraße hinunter und gelangte zur Hauptstraße. Die Straßenlaternen waren ausgeschaltet, ein wenig Licht spendeten nur der Mond und die Beleuchtung eines Autohauses. Bill ließ das Dorf hinter sich und lief an der Bundesstraße entlang. Vereinzelt hörte er das Rauschen der vorbeifahrenden Autos und den Wind, der durch die Kronen der Bäume strich. In der Ferne erkannte er ein Licht, das sich nach einer viertel Stunde als Leuchtreklame einer Tankstelle herausstellte.

Dort angekommen, nahm Bill zwei Flaschenbiere aus der Kühltheke und rundete den Preis auf vier Mark auf. Irgendwie unangebracht, dachte er, Trinkgeld in der Tanke, aber es gibt hier Licht und es gibt hier Leben.

»Ach Scheiße, mach fünf draus«, sagte er übermütig, »und wechsle die Pferde.«

»Sehr witzig, was macht denn einer wie du hier?«, fragte die Kassiererin.

»Na ja, ich habe zwei Bier gekauft«, sagte er etwas überfordert.

»Und was sollte das mit den Pferden?«

»Das kannst du streichen.«

»Sehr witzig«, wiederholte sie. »Wenn du denkst, du kannst hier Sprüche machen, nur weil du eins sechzig Trinkgeld gegeben hast, vergiss es.«

Bill sah sie verdutzt an. Das Einzige, was ihm jetzt zu sagen einfiel, war, dass sie ihm das Trinkgeld ja wiedergeben könne, dann werde er seinen Mund halten. Die Rede würde er mit »dumme Schnepfe« abschließen. Aber er behielt den Satz für sich, er hätte alles nur noch lächerlicher gemacht.

»Wo geht's denn da hin?«, fragte er stattdessen und zeigte in die entgegengesetzte Richtung, aus der er gekommen war.

»Nach Fulda.«

»Geht das zu Fuß?«, fragte er.

»Sind ungefähr acht Kilometer. Immer die Bundesstraße runter.«

Er bedankte sich, griff nach den beiden Flaschen und verließ die Tankstelle.

Die Bundesstraße schlängelte sich durch Felder und Waldstücke und Bill folgte ihr auf dem Fußgängerweg. Er schätzte, dass er seit ungefähr einer Stunde unterwegs war, so langsam müsste er mal Lichter sehen, die auf Fulda hindeuteten. Mittlerweile trank er die zweite Flasche Bier, setzte unermüdlich einen Fuß vor den anderen und konzentrierte sich auf seine Schritte. Die übrigen Geräusche nahm er kaum mehr wahr. Der Wind, der immer mal wieder stärker aufkam, war eine willkommene Abwechslung. Er überquerte eine Autobahnbrücke und irgendwann durchbrach ein von hinten herannahendes Auto die vertrauten Geräusche. Es schien langsamer zu werden. Dann überholte ihn ein alter Ford und hielt auf dem Grünstreifen.

»Na, sind die Pferde durchgebrannt?« Das Beifahrerfenster war heruntergedreht. »Steig schon ein.«

Bill blickte verdutzt zur Seite und öffnete die Wagentür.

»Ich nehme nicht jeden mit und ich bin auch nicht immer so. Da war vorhin nur so 'n blöder Kunde, der mich angemacht hat. Ich hab gefragt, ob er getankt hat – muss ich fragen –, worauf er mir blöd kam und fragte, ob ich da denn ein Auto sehen würde und ob ich blind sei, na ja und so weiter halt.«

Bill sagte nichts und starrte durch die Windschutzscheibe in die ausklingende Nacht. In manchen Häusern, die vereinzelt am Straßenrand standen, brannte schon wieder Licht.

»Wie heißt du?«, fragte sie, ohne ihren Blick von der Fahrbahn zu wenden.

»Stefan«, sagte Bill. »Aber eigentlich sagen das nur meine Eltern. Die meisten nennen mich Bill.«

»Bill?«

»Ja, Bill. Weil mein zweiter Vorname Wilhelm ist. Mein Opa hieß so.« Bill zuckte mit den Schultern. »Weiß gar nicht mehr genau, wer mir den Spitznamen gegeben hat.«

»Wo soll ich dich denn rauslassen, Bill?«, schmunzelte sie, als sie das Ortsschild passierten.

»Am besten am Bahnhof.«

»Wo geht's hin?«

»Nach Hannover.«

»Sechs Uhr einundzwanzig. Stündlich«, sagte sie.

Bill sah sie erstaunt an.

»Wenn du in Fulda wohnst, kennst du jeden Zug, der dich hier rausholt.« Sie lachte. »Hast du Lust auf 'n Kaffee?«

Er hatte gehofft, noch etwas Zeit mit ihr verbringen zu können. Eigentlich hätte er ihr am Bahnhof einen Automatenkaffee ausgeben wollen, doch dass sie die Initiative ergriff, schmeichelte ihm. Er sagte, dass er gerne mitkomme und fragte nach ihrem Namen.

Katja, so hieß sie, parkte ihren Wagen in einer Seitengasse. Als sie ausstiegen, war von irgendwo leise das Stampfen einer Bassdrum zu hören. Er folgte Katja durch einen Torbogen in einen Hinterhof, dann ins Untergeschoss und schließlich in den Vorraum einer Diskothek. Sie setzten sich auf Metallhocker an die Bar und bestellten zwei Kaffee.

Aus dem Raum, aus dem die Bassdrum wummerte, kamen ein paar Leute. Einer von ihnen, ein glatzköpfiger Typ in einem verschwitzten Anzug, trat kurz zu ihnen. »Hast du Spacy gesehen?«

»Nee, bin gerade erst gekommen«, erwiderte Katja und der Glatzkopf verschwand auf der Toilette.

»Öfter hier?«, fragte Bill.

»Kann man wohl sagen«, erwiderte Katja und sah ihn herausfordernd an. »Und du?«

»Ich nicht«, entgegnete er begriffsstutzig.

»Ja, das habe ich schon mitbekommen. Kommst du aus Hannover?«

»Ja.«

»Und was machst du *hier*?«

»Ich hab mir gestern ein Guten-Abend-Ticket gekauft und mich in den nächstbesten Zug gesetzt.«

»Machst du das öfter? Dich in den nächstbesten Zug setzen?«

»Nein, natürlich nicht«, sagte Bill genervt. »Ich bin einfach nur so 'n bisschen rumgefahren.«

»Wie, so 'n bisschen rumgefahren?« Katja runzelte die Stirn und schüttelte den Kopf.

Sie hat recht, dachte er. Das klingt wirklich idiotisch. So als hätte sie einen Geisteskranken eingefangen, der eigentlich auf die Geschlossene gehörte und auf die Frage, wo er denn gewesen sei, mit ›Nur so 'n bisschen draußen gewesen‹ antwortete. Blöderweise war es irgendwie so.

»Ich bin einfach mal weggefahren. Raus aus den vier Wänden. Kurzurlaub!«

Das klang genauso absurd, aber es schien als Antwort zu genügen.

»Warum bist du nicht gleich nach Fulda weitergefahren?«, hakte Katja nach.

»Weil ich in dem Kaff da gerade wach geworden bin und nicht wusste, wo ich war. Mein Ticket ist nur bis zwei Uhr nachts gültig.«

»Soso«, sagte Katja unschlüssig.

»Und du?«, fragte er, um aus der unangenehmen Situation herauszukommen.

»Ich bin Tankstellenkassiererin«, sagte Katja sachlich, als wollte sie damit ihre Unkompliziertheit betonen. »Ich hab während der Schulzeit in der Tankstelle gejobbt und bin dann da hängen geblieben.« Sie trank einen Schluck Kaffee. »Ich hatte mich für das Sommersemester in Offenbach für Fotodesign beworben. Vor ein paar Wochen kam dann die Absage. Meine Mappe ist abgelehnt worden. Zack, das war's.« Sie schlug mit der Hand auf den Tresen.

»Und das hier ist also das Eastside«, stellte Bill fest, um die Unterhaltung nicht abbrechen zu lassen.

»Ja«, sagte Katja. »Gehört einem Bekannten. Ist der einzige Laden, wo du hier um diese Zeit hingehen kannst.«

Bill nickte und sah auf eine merkwürdige Metalluhr, die hinter dem Tresen hing. Katja folgte seinem Blick und trank ihren Kaffee aus.

»Ich muss langsam los«, sagte er. »Kannst du mich am Bahnhof rauslassen?«

»Wenn du erst mal schlafen willst, also nur wenn du magst, du kannst auch bei mir pennen. Ich habe eine Gästecouch«, schlug Katja vor, während sie bezahlte.

Erst jetzt, als er aus dem stickigen Vorraum an die frische Luft trat, merkte er, wie müde er war und wie schön es wäre, sich einfach in ein Bett zu legen und einzuschlafen. Er nahm Katjas Angebot dankbar an und so fuhren sie zu ihrer Wohnung, die sich ganz in der Nähe befand.

Er lag auf der Gästecouch im Wohnzimmer. Die Tür zu Katjas Schlafzimmer war angelehnt. »Wo würdest du mit sechzig am liebsten sein?«, fragte Bill gerade so laut, dass Katja es verstehen konnte.

»Warum willst du das wissen?«

»Ach, nur so«, antwortete er und fragte sich in wohliger Schlaftrunkenheit, warum er das eigentlich wissen wollte. Dann drehte er sich um, vergrub seinen Kopf im Kissen und schlief ein.

2

Es war 20.00 Uhr, als er aufwachte. Katja war schon weg. Auf dem Weg ins Bad entdeckte er an der Wohnungstür einen aufgeklebten Zettel: ›Auf alle Fälle nicht in einer Tanke mitten in der Pampa‹. Mit einem Lächeln las er Katjas Worte. Es gefiel ihm, dass sie seine dumme Frage nicht vergessen hatte, und immerhin wusste sie, wo sie auf keinen Fall sein wollte. Sie hatte nicht irgendeinen Blödsinn in diese dämliche Frage hineininterpretiert, wie es Richard und die Bedienung in der Studentenkneipe gemacht hatten.

Bill war in einer Stimmung, die ihn nicht davon abhielt, noch einen weiteren Tag in Fulda zu verbringen. Er fühlte sich gut. Voller Tatendrang. Er duschte und machte sich zu einer Erkundung der Stadt auf. In einer Pizzeria aß er etwas und ließ sich weiter durch die Altstadt treiben.

Immer wieder erinnerte er sich an das Gespräch mit Katja an der Bar im Eastside. Als sie sich unterhalten hatten, war es ihm vorgekommen, als würden sie sich schon viel länger kennen. Da war ein merkwürdiges Gefühl der Vertrautheit gewesen, nach dem er sich gesehnt hatte.

Gegen Mitternacht beschloss er, die Diskothek von gestern aufzusuchen in der Hoffnung, Katja dort am frühen Morgen anzutreffen. Er fragte ein Pärchen nach dem Weg und erreichte nach einer viertel Stunde den Eingang zum Hinterhof. Auf der Treppe, die ins Untergeschoss führte, harrte er einen Moment aus, dann ging er hinunter und bezahlte den Eintritt.

Im Vorraum setzte er sich auf einen Metallhocker, bestellte ein Bier und starrte auf die Metalluhr, die ihm in der vergangenen Nacht schon aufgefallen war.

»Nicht schlecht, wie?«

Bill erschrak. Ein auffällig großer Typ seines Alters stand vor ihm.

»Was?«, erwiderte Bill, überrascht, dass er angesprochen wurde. Und dann noch von einem Typen, der aussah wie ein Fallensteller. Er trug eine hellbraune Lederweste und ein rotes Tuch um seinen Hals. Die Haare hatte er provisorisch zu einem Pferdeschwanz zusammengeknotet und seine Wangen glänzten durch einen fusseligen Bart.

»Na, die Uhr!«

Nach kurzem Überlegen stellte Bill fest, dass dies die erste Diskothek war, in der er eine Uhr sah. »Ist ganz dekorativ. Und warum hängt die hier?«

»Die ist von mir, hab ich Volker geschenkt. Zur Einweihung des Eastsides. Wollte nur wissen, was du davon hältst, weil du so lange drauf gestarrt hast.«

»Ich hab hier gestern wen kennengelernt. Da ist mir die auch schon aufgefallen.«

»Ich hab dich hier noch nie gesehen, du kommst nicht von hier, oder?«

»Nee, ich mache hier … Kurzurlaub.«

»Kurzurlaub? Hier?«

Bill erzählte dem Fremden von dem Treffen mit Richard und der Begegnung in der Tankstelle.

»… und wenn ich Pech habe und Katja hier nicht antreffe, könnte es auch sein, dass ich quasi ewig mittendrin bleibe.«

»Katja Hagedorn, so 'ne Blonde?«,

»Hagedorn, ja«, erwiderte Bill, der ihren Namen auf dem Klingelschild gelesen hatte.

»Die kommt oft hierher, gehört irgendwie zur Eastside-Clique.«

»Was um Himmelswillen ist denn die Eastside-Clique?«, fragte Bill.

»Weiß ich auch nicht so genau. So bestimmte Leute aus der Schule, die hier immer rumhängen.«

»Und du«, entgegnete Bill, »gehörst du auch dazu?«

Der Fremde zuckte mit den Schultern. »Ich kenne einige von denen aus der Schule und häng hier rum. Ich würde sagen: ja.«

»Und was meinst du? Wie ist das so mit der Vorfreude?«

»Wie, mit der Vorfreude?«

»Na ja, wann man sich mehr freut, bei Freude oder Vorfreude?«

»Kommt drauf an«, sagte der Fremde, »weiß man erst hinterher. Ich meine Weihnachten früher, man war schon gespannt, als die Tür zum Wohnzimmer abgeschlossen war. Bekommt man die Eisenbahn oder nicht. Wenn man sie bekommt, freut man sich und die Vorfreude ist vergessen. Und wenn man 'nen neuen Schulranzen bekommt, ist die Freude ganz schnell verflogen.«

»Also Risiko«, sagte Bill, »Tür auf und durch. Andererseits könnte man ja auch sagen ›Lass die Tür zu, will ich gar nicht wissen‹.«

»Das ist die Variante der Feiglinge.«

»Das sind die Mittendrinbleiber«, bestätigte Bill in bester Laune. »Wie heißt du eigentlich?«

»Theo.«

»Ich heiße Stefan«, sagte Bill. »Aber die meisten nennen mich Bill. Sag einfach Bill.«

»Mich nennt man Spacy.«

»Du bist Spacy?!«

»Warum so erschrocken?«

»Ach, vergiss es«, erwiderte Bill, der sich Spacy komplett anders vorgestellt hatte, eher so mit Silberanzug und Plateauschuhen. Er holte zwei Bier und sie schauten den Menschen beim Tanzen zu.

Bill lehnte an einem Betonpfeiler und wartete auf Katja, ohne zu wissen, ob es sich lohnte. Er hoffte, sie würde nach der Nachtschicht kommen, und entschied, erst mal auf Kaffee umzusteigen, um einen halbwegs klaren Kopf zu bewahren.

Theo starrte auf seine Tasse. Es war mittlerweile die dritte. Daneben stand ein Turm von Keksen.

»Überflüssige Scheiße«, hatte er nach dem ersten Kaffee gesagt, »mitten in der Nacht Kekse zum Kaffee, was soll das? Bauen wir 'n Turm draus, das Spritzgebäck zu Babel.«

Theo hatte weitere Kekse verlangt. Seitdem stapelten sie die verschiedensten Kekse übereinander.

»Man soll das Schicksal nicht heraufbeschwören«, sagte Bill, »der kippelt schon ganz schön.«

Er stapelte trotzdem noch einen Keks mit Himbeerfüllung auf den Turm und atmete erst aus, als er genügend Abstand zum Tisch hatte. Theo griff einen Schokokeks, als eine Hand nach dem obersten Keks des Turmes griff und der Spritzgebäckbau zusammenbrach. Katja stand am Tisch und biss ein Stück von dem Keks ab, wie eine Göttin, die zwei verrückt gewordene Spritzgebäckarchitekten in die Schranken weist. Sie hatte wieder das graue T-Shirt mit dem Tankstellenaufdruck an.

In Bills Erinnerung hatte sich ihr Gesicht verändert, doch nun wusste er wieder genau, wie sie aussah. Sie hatte einen blassen Teint, schulterlanges mittelblondes Haar, hinten zusammengebunden. Trotzdem hingen einige Strähnen einfach so vorm Gesicht. Unter dem Tankstellen-T-Shirt trug sie ein schwarzes Hemd mit Rüschenärmeln.

»Hallo, Spacy. Bill, was machst du denn hier? Ich meine, schön, dass du da bist, aber was macht ihr beide zusammen hier?«

»Hi, Katja«, erwiderte Theo. »Feierabend?«

»Hallo«, sagte Bill, »wie geht's denn so?«

»Setz dich doch«, schlug Theo vor. »Ich habe Bill hier vorhin kennengelernt.«

»Ja, wir haben uns hier getroffen. Dachte, ich guck noch mal rein. War ja ganz nett gestern.«

Sie sah zauberhaft aus in dem Tankstellen-T-Shirt. Als sei sie sich zu schade, den Gästen des Eastsides gefallen zu wollen. Theo begann eine Unterhaltung und Bill warf hin und wieder einen Kommentar ein. Eine komfortable Situation für ihn, die jedoch nicht lange anhielt, denn bald sagte Theo, dass er losmüsse, und zwinkerte ihm zu. Er klopfte Katja kumpelhaft auf die Schulter und verließ sie.

Nun war Bill alleine mit einer Frau, die, ohne auch nur mit der Wimper zu zucken, den Turm umgestoßen hatte. Wer weiß, wozu sie noch fähig war. Sie würde noch ganz andere Illusionen zerstören können. Katja saß da mit einem Keks in der Hand und schien den vorigen gerade in ihrem

Mund aufzulösen. Dann blickte sie ihm in die Augen. »Hast du auf mich gewartet?«

»Na ja, ich hab gehofft, dass du kommst.«

»Damit habe ich jetzt nicht gerechnet.«

»Doch, doch«, erwiderte Bill, »Urlaub abgebrochen und Pferde gewechselt.«

»Quatschkopf«, sagte sie. Ihre Blicke trafen sich wieder. Dann blickte er in die Kaffeetasse, in der sich ein Rest Kaffee befand.

»Auf alle Tankstellen mitten in der Pampa.« Bill hob die Tasse, als hätte er gerade einen Trinkspruch ausgebracht, und kippte den kalten Kaffee hinunter.

»Bitte nicht auf Tankstellen. Dann doch lieber auf nette Mädchen, die Kurzurlauber mitnehmen.« Sie betonte das Wort Kurzurlauber so, als ob sie nicht so genau wüsste, was ein Kurzurlauber eigentlich ist. »Was machst du eigentlich, wenn du mal keinen Kurzurlaub machst?

»Ein Praktikum beim Radio.«

»Und was machst du da genau?«, hakte Katja nach.

»Ich bin Mädchen für alles. Zur Zeit bin ich in der Redaktion des Vormittagsmagazins.«

»So morningshowmäßig? Gute Laune verbreiten und so?«, fragte Katja.

»Nix Morningshow. Ich helfe der Redakteurin und den Moderatoren bei den Vorbereitungen für die Beiträge.«

»Echt? Das ist ja interessant. Und was für Beiträge sind das?«

»Querbeet so«, gab er seine Standardantwort, die er gegenüber seinen Eltern mit »Sehr breit gefächert, Kultur, Gesellschaft und so« für gewöhnlich komplettierte. Für Katja fügte er noch hinzu, dass das überwiegend ziemliche Dulliarbeiten seien wie Kabel sortieren und Botengänge machen und dass er oft auch nur seine Zeit absitze. Das hatte er seinen Eltern natürlich nicht erzählt, denn er leistete sich das Praktikum zum größten Teil auf deren Kosten. Ihnen hatte er erzählt, dass so ein Praktikum wichtig sei für seine berufliche Zukunft, quasi der Haupteingang zum Beruf des Radiomoderators. Aber wenn er ehrlich zu ihnen gewesen wäre, hätte er ihnen sagen müssen, dass es nicht der Haupteingang war, sondern eher der Dienstboteneingang.

Er erzählte Katja, wie er darauf gekommen war, das Praktikum zu beginnen, dass ihm seit seiner Kindheit die Vorstellung gefiel, sich überall hindenken zu können, dass er die Stimmen im Radio mochte, die ihn in fremde Länder und Gedankenwelten entführten. Wie er Geschichten spann und darin versank. Und dass er nach dem Zivildienst keine bessere Idee gehabt und ihm sein Freund Sebastian mitgeteilt habe, dass die Niedersächsische Welle Praktikanten suche. Während er ihr das alles erzählte, dachte er, dass er das so noch niemandem erzählt hatte, und er fragte sich, warum eigentlich nicht.

»Hallo! Ist da noch wer?« Katja klopfte ihm mit ihrer Handfläche behutsam auf den Kopf. »Wo hast du denn Zivildienst gemacht?«

»In einem Behindertenwohnheim.«

»Echt? Das stell ich mir anstrengend vor«, sagte sie anerkennend.

Er hörte diese Bemerkung oft, wenn er erzählte, dass er Behinderte betreut habe. Dass das anstrengend sei und das nicht jeder könne und so. Als hätte er seinen Zivildienst auf einer Bohrinsel geleistet. Eigentlich war es lustig gewesen, bis auf die Erzieherinnen, die ihre Zuckerbrot-und-Peitsche-Pädagogik hatten walten lassen, als wären sie Aufseherinnen in einem Strafgefangenenlager. Ohne die wäre es halb so anstrengend gewesen.

»Irgendwer muss es ja machen«, sagte Bill mit gespielter Anstrengung.

Katja sah ihn irritiert an. Bill erzählte von Bewohnern, die sich bevorzugt nachts aus dem Staub gemacht hatten, von denen, die sich auf den Boden geschmissen und das Wohnheim zusammengeschrien hatten und von einem ihm unbekannten ehemaligen Zivildienstleistenden, der angerufen und die Mitarbeiter mit schlüpfrigen Andeutungen und verstellter Stimme terrorisiert hatte.

Während er erzählte, lehnte Katja ihren Kopf an seinen. Bill spürte ihren warmen Atem an seinem Ohrläppchen und bemerkte den Geruch ihres Shampoos. Wie eine Brise, die für einen Moment die verbrauchte Luft, die ihm jetzt erst auffiel, vertrieb.

»So langsam muss ich mal nach Hause«, sagte Katja. Sie tranken aus und sie nahm ihn mit wie einen herumstreunenden Hund, der den Weg nach Hause nicht fand.

3

»Radio NW5, Kuczynski«, meldete sich eine Männerstimme.

»Hi, Mike.«

»Hallo, Bill, du klingst so weit weg, von wo rufst du an?«

»Aus Fulda.«

»Fulda? Was machst du denn in Fulda?«

»Ich hab da wen kennengelernt«, erwiderte Bill.

»Du hast in Fulda jemanden kennengelernt?«, fragte Mike.

»Das erzähl ich dir nächste Woche«, beteuerte Bill, »ich wollte bis Dienstag Urlaub nehmen. Bin morgen früh zum Schwimmen verabredet.«

»Du gehst schwimmen? Seit wann schwimmst du?«, wunderte sich Mike.

»Ich bin gerade aufgewacht und habe einen Zettel von ihr gefunden und …«

»Du bist gerade aufgewacht? Es ist neunzehn Uhr dreißig.«

»Wegen Katja. Die hat Nachtdienst in einer Tankstelle. Morgen früh gehen wir schwimmen und …Warum bist du eigentlich noch da? Ich hatte Veronika am Telefon erwartet.«

»Bukowski ist tot! Ist am Freitag gestorben. Ich bin gerade dabei, einen Kurzbeitrag für morgen zu schneiden.«

»Ist das trotzdem okay mit den zwei Tagen?«, fragte Bill.

»Das scheint ja was Wichtiges zu sein, wenn du schon schwimmen gehst.«

Bill bedankte sich und legte auf. Er ließ sich zufrieden auf die Gästecouch fallen. Wenn ich mir aussuchen könnte, wo ich am liebsten wäre, so wäre das sicherlich hier, dachte er und schaltete den Fernseher ein. Es lief ›Der Unsichtbare‹, ein Film, den er mochte und den es sich lohnte, ein weiteres Mal anzuschauen. Es folgten ›Die Frau des Unsichtbaren‹ und ›Der Unsichtbare kehrt zurück‹.

Bill stellte sich vor, dass Katja im Türrahmen stand, ebenfalls unsichtbar, und sein Treiben beobachtete. Anstelle der Verbände, die der Unsichtbare im Film trug, hatte sie sich stark geschminkt, nur durch die Augen konnte er hindurchsehen. Hinter den roten Lippen kamen strahlend weiße Zähne, wie mit Deckweiß bestrichen, in ihrer transparenten Mundhöhle zum Vorschein. Sie begann den Mantel aufzuknöpfen und kam ihm langsam entgegen. Er bemerkte die Wölbungen ihrer Brüste, die sich an der Knopfleiste abzeichneten. Bill sah sie verheißungsvoll an. Währenddessen schlüpfte Katja lasziv aus den Ärmeln und ließ den Mantel an sich heruntergleiten. Es war nur noch ihr Gesicht zu sehen, das in der Luft hing. Sie grinste und drehte ihren Kopf zur Seite, bis nichts mehr zu erkennen war.

Er hörte Stimmen. Der Fernseher lief noch. Am unteren Bildrand war eine Uhr eingeblendet. Er musste los.

Katja hatte ihm den Weg zum Hallenbad auf einen Zettel geschrieben. Badesachen könne man sich dort leihen. Er fuhr eine viertel Stunde mit dem Bus und ging ein paar Minuten zu Fuß, bis er das Hallenbad erreichte.

»Guten Morgen«, sagte Bill, nachdem er ein paar Mal gegen die Glastür zur Bademeisterkabine geklopft hatte, »ich möchte gerne eine Badehose und ein Handtuch leihen.«

Der Bademeister guckte ihn streng an, so als wäre es eine Straftat, kein Schwimmzeug dabeizuhaben.

»Ich habe meine vergessen«, versuchte sich Bill zu rechtfertigen und ärgerte sich im nächsten Moment darüber.

»Das ist schlecht«, sagte der Bademeister.

»Ich hab gehört, man kann sich die auch leihen hier.«

»Ziemlich vergesslich, wie?«

Bill versuchte, nicht darauf einzugehen. »Also, ich hätte dann gerne eine Badehose und ein Handtuch.«

»Das nächste Mal überlegst du dir rechtzeitig, ob du schwimmen gehen willst oder nicht, wir sind hier keine Leihanstalt.«

Bill sah den Bademeister erstaunt an. »Aber da steht doch, dass man sich Badesachen ausleihen kann«, sagte er trotzig und zeigte auf ein Hinweisschild.

Der Bademeister drehte Bill den Rücken zu und verschwand in einem kleinen Raum. Bill stellte sich vor, wie er breitbeinig, die Hände auf den Hüften abgestützt, am Beckenrand stand und einem Ertrinkenden Vorwürfe machte, ins Wasser gegangen zu sein.

Mit einer geblümten Badehose und einem Handtuch kam der Bademeister zurück. »Das macht fünf Mark, oder hast du dein Portemonnaie auch vergessen?«

Wohl beim Wichsen gestört, dachte Bill grimmig, aber besser, man reizt ihn nicht, sonst war's das mit Schwimmengehen. Er bezahlte und ließ es sich nicht nehmen, ihm noch einen schönen Tag zu wünschen.

Bill öffnete die Tür zum Schwimmbereich. Es waren sechs Badegäste da, überwiegend Ältere, die mit Ruhe und stoischer Geduld ihre Bahnen abarbeiteten. In der Mitte des Beckens schwamm sie, etwas schneller als die anderen, und tauchte bei jedem Schwimmzug ihren Kopf ins Wasser. Sie bemerkte ihn nicht. Er nahm das Handtuch und breitete es auf einer der Liegen aus, die nahe am Becken standen. Er setzte sich und schaute Katja beim Schwimmen zu. Sie trug einen schwarzen Badeanzug und schien es ernst zu nehmen mit dem Schwimmen. Es wirkte verbissen, wie sie sich von Beckenrand zu Beckenrand kämpfte. Gerade überholte sie eine übergewichtige ältere Frau, die sich im Rückenschwimmen übte. Sie konnte mit ihren Gliedmaßen machen, was sie wollte, sie kam einfach nicht von der Stelle. Aber sie ging auch nicht unter.

Bill blickte wieder zu Katja und fühlte sich ein wenig wie ein Spanner, der nur ins Schwimmbad geht, um Frauen in Badeanzügen zu sehen. Er hatte sich noch nicht abgeduscht, er hatte es vergessen. Er hätte es machen sollen, dann sähe es wenigstens so aus, als wäre er schon im Wasser gewesen und legte jetzt eine Pause ein. Außerdem dachte er an den faschistoiden Bademeister und hatte keine Lust zu erklären, warum er vergessen hatte, zu duschen. Also ging er zum Beckenrand, benetzte vorsichtig seinen Oberkörper und stieg langsam ins kalte Wasser. Er tauchte quer durch das Becken, stieß sich mit den Füßen vom Boden ab und kam mit erhobenen Armen, deren Hände nach irgendetwas greifen wollten, kurz vor Katja hochgeschnellt.

»Uaah!«, krächzte er, bevor er wieder eintauchte.

»Hallo, Bill«, rief Katja, als er wieder hoch kam, »du bist ja doch noch gekommen. Dachte schon, du hättest den Zettel nicht gefunden.«

Ohne eine Antwort abzuwarten, stützte sie sich auf seinen Schultern ab und drückte ihn herunter.

»Hier bin ich«, sagte Bill, nachdem er aufgetaucht war, »der Unsichtbare auf Freiersfüßen.«

»Wer?«, fragte Katja verdutzt.

»Ach vergiss es, zu viel ferngesehen.«

Sie sah ihn an und strich mit beiden Händen ihre nassen Haare nach hinten. Bill sah flüchtig auf ihr Dekolleté, das ein Stück Busen erkennen ließ. Immer wieder schwappten kleine Wellen über ihre Brust und brachen am Träger ihres Badeanzuges.

Sie legte ihre Hand um seinen Hals und zog ihn an sich. Er war ihr so nah, dass er nur ihr Gesicht sehen konnte und ihre Nasenspitze spürte. Sie umarmte ihn und sie tauchten unter. Bill legte ebenfalls seine Arme um Katja und küsste sie, solange er die Luft anhalten konnte.

Sie tauchten auf. Katja schnappte nach Luft und lachte. Er sah ihr kurz in die Augen, küsste sie noch einmal und tauchte zum Rand. Katja folgte ihm, lehnte sich mit den Schultern an den Beckenrand und blickte an die Decke des Hallenbades. »Wird Zeit, dass ich wegkomme von der Tankstelle.«

»Weißt du, was du dann machen willst?«, fragte Bill.

Katja streckte ihre Beine aus und sah auf ihre Zehen, die aus dem Wasser ragten. »Wenn die Nachtschicht vorbei ist, überarbeite ich die Mappe. Ich werde mich an anderen Fachhochschulen bewerben.« Sie bewegte ihre Zehen, als spiele sie mit ihnen Kasperletheater. Bill bemerkte, dass ihr zweiter Zeh etwas länger war als der große. »Du hast die griechische Form.«

»Was meinst du?«

Bill zeigte auf seine Füße, die nun auch aus dem Wasser ragten. »Meine Zehen werden von innen nach außen kürzer. Das ist die ägyptische Form. Deine Füße haben die griechische.«

»Und das heißt?«

»Dass der zweite Zeh länger ist als der große Zeh. Das ist was Besonderes.«

»Aha, wo lernt man denn so was?«

»Hab ich mal im Radio gehört«, erwiderte er. »In der Antike war das ein Schönheitsideal. Die griechischen Göttinnen hatten alle so eine Fußform.«

Katja schlug mit der Hand aufs Wasser, sodass es Bill ins Gesicht spritzte. »Wollen wir los?«, fragte sie. »Dann haben wir noch ein bisschen Zeit.«

»Ja klar. Ich schwimm noch mal eben 'ne Bahn«, sagte Bill, dem bewusst wurde, dass er in diesem Zustand nicht aus dem Becken klettern konnte.

Das bisschen Zeit hatten sie ganz gut verbracht. Sie lagen auf der Gästecouch im Wohnzimmer, Bill blätterte in Katjas abgelehnter Arbeitsmappe. Auf den ersten Seiten waren grobkörnige Schwarz-Weiß-Porträts zu sehen. Auf den nachfolgenden Seiten befanden sich verschiedene Fotos, die er thematisch nicht zuordnen konnte. Auf einem war nur eine Straße zu sehen. Blauer Himmel, Kumuluswolken. Entlang der Straße erstreckten sich goldene Felder, der Asphalt der Landstraße endete da, wo der Himmel begann. Er fragte sich, wie es weitergehen sollte.

Er musste Mittwoch wieder ins Funkhaus. Katja würde in ein paar Stunden zur Arbeit gehen. Alles nichts Besonderes, aber sie hatten gerade Sex gehabt. Irgendetwas müsste doch noch passieren.

»Ich mach uns 'ne Kleinigkeit zu essen«, rief Katja aus der Küche. »Magst du Currypaste?«

»Ja«, log Bill, der nicht genau wusste, was Currypaste war, aber er würde sie sicherlich mögen.

»Wie lange bleibst du noch?«, fragte Katja.

»Morgen Abend muss ich spätestens los.«

Kurz darauf kam Katja mit der Gemüsepfanne zurück, die sie aus Resten gebraten hatte. Sie war sehr scharf und schmeckte lecker. Nachdem sie gegessen hatten, stellte Katja den Wecker, beugte sich zu Bill und küsste ihn. »Ich muss unbedingt noch ein bisschen schlafen. Bis morgen früh!«

4

Die Abendluft roch noch immer nach Regen. Sie war schwer und verdampfte auf dem Asphalt. Als er aufgewacht war, hatte es geregnet und Fulda hatte wieder in Dunkelheit gelegen. Sobald der Regen nachgelassen hatte, war er losgegangen, um Zutaten für ein Frühstück zu besorgen, mit dem er Katja am nächsten Morgen überraschen wollte.

Wie er gerade feststellte, befand er sich im Rotlichtviertel Fuldas. Es war eine enge Gasse, in der rot beleuchtete Plastikherzen und flackernde Leuchtreklamen an den Fassaden befestigt waren. Über den Hauseingängen hingen überdimensionale Leuchtpfeile, die dem eiligen Besucher den schnellsten Weg zum genitalen Glück aufzeigten. An der Straßenecke befand sich eine Diskothek, vor der eine Traube von Menschen stand. Es herrschte ein reges Treiben. Leute überquerten die Straße, einige gingen, andere kamen.

Bill entdeckte einen Kiosk und kaufte Eier, Speck und Brötchen. Mit einer Plastiktüte ausgestattet machte er sich auf zu Katjas Wohnung. Er ging durch die Altstadt zurück und überquerte die Fulda. Als er die nächste Straße rechts einbiegen wollte, prallte er fast mit drei Gestalten zusammen, die nebeneinander auf dem Bürgersteig gingen.

»Kannst du nicht aufpassen«, pöbelte einer.

»Idiot«, grummelte Bill.

»Bill?«

Bill brauchte einen Moment, um in der Dunkelheit Theo und zwei weitere Leute zu erkennen. »Ha, die dubiose Eastside-Clique! Läuft der Laden heute ohne euch?«

»Der hat heute zu. Wer bist du?«

»Das ist Bill«, erklärte Theo, »der ist hier gestrandet. Ach so, das ist Volker. Dem gehört der Laden. Und der da, das ist Sven.«

»Wo wollt ihr hin?«, fragte Bill.

»Och, nur so 'n bisschen Puffluft schnuppern«, kicherte der glatzköpfige Sven.

»In der Puffgasse hat 'ne neue Disco aufgemacht, mal nach der Konkurrenz schauen«, versuchte Volker, die Sache zu relativieren.

»Ich glaub, da war ich gerade«, sagte Bill.

»Willst du mitkommen?«, fragte Theo verheißungsvoll.

»Ja, aber nicht zu lange, ist der letzte Tag hier und Katja und so.«

»Das soll ja 'n Club sein, keine Disco. Der Chico Club. So was Neumodisches mit Chillen«, sagte Volker, »völliger Blödsinn.«

»Also lasst uns chillen gehen, mal was anderes«, schrie Sven.

Es standen noch mehr Leute vor der Tür als vorher, überwiegend sehr schicke Leute, wie Bill fand. Zumindest schicker als der Haufen, mit dem er hier war, er selbst eingeschlossen. Mit etwas gutem Willen konnte man Sven als schick bezeichnen, abgesehen davon, dass der hellblaue Anzug, den er trug, etwas zu groß war und aussah, als würde er darin auch schlafen gehen.

Theo brachte es auf den Punkt: »Ein recht hübscher Menschenschlag hier, wo kommen die alle her?«

»Das ist mir doch egal, wahrscheinlich Dorfvolk, so was brauch ich bei mir nicht«, entgegnete Volker.

»Chico, Chico«, säuselte Sven, »und wenn's mit dem Baggern nicht so klappt, rüber zur vollbusigen Angelique. Hier gehste immer zufrieden nach Hause.«

»Wenn du denn reinkommst«, brachte sich Bill wieder ins Spiel.

»Irgendwen kenn ich da schon«, sagte Volker, »auch wenn der Pächter von außerhalb kommt. Der wird ja so 'n paar Türsteher von hier eingestellt haben.«

Dummerweise musste Volker dann feststellen, dass er doch keinen von denen kannte. Trotzdem kamen er und Sven rein. Volker rief noch, dass er nicht lange bleiben werde, er müsse sich den Club aus beruflichen Gründen ansehen, das sei doch verständlich. Sven verschwand gleich mit wirren Bewegungen im Getümmel.

Bill wurde gar nicht erst reingelassen, weil er auf die Frage, was in der Tüte sei, mit ›Frühstück‹ geantwortet hatte, und Theo nicht, weil er unangemessen gekleidet war. Theo sah aus wie ein Holzfäller, er hatte einen Hang zu grober Kleidung. Er wurde wütend, aber so leicht ließ er sich nicht einschüchtern. Er fragte den Türsteher, was in seinen Augen denn angemessen sei, und beschimpfte ihn als Homunkulus. Bill versuchte ihn zu beruhigen und schob ihn in die nächste Kneipe.

»Nicht angemessen gekleidet! Soll ich mir auch so 'n schwules Hemdchen anziehen?«

»Nee, besser nicht. Außerdem lag's ja auch an meiner Plastiktüte.«

Es lief gerade ein Schlager aus den Siebzigern, zu dem ein Pärchen vor dem Tresen Walzer tanzte.

»Meinst du, die Leute hier waren eben noch im Puff und rauchen die Zigarette danach?«, fragte Bill und stellte die zwei Bier ab, die er gerade geholt hatte.

»Nö, glaub nicht, ist wahrscheinlich normales Stammpublikum. Die Fickbrüder verschwinden nach ihrem Auftritt bestimmt gleich.«

»Ob die sich danach gut fühlen?«, dachte Bill laut.

»Werden sie wohl, sonst würden sie's ja nicht machen.«

»Weiß man's?«, sagte Bill.

»Keine Ahnung«, erwiderte Theo.

»Kann ja auch sein, dass sie das ganze Drumherum so toll finden. Und wenn's dann zur Sache geht, ziehen sie's einfach durch, weil sie eh schon da sind«, versuchte Bill, seinen Gedanken fortzusetzen.

»Keine Ahnung, vielleicht stehn sie auch drauf, was dafür zu bezahlen.«

»Weiß man's?«, wiederholte sich Bill.

»Da musst du die Fickbrüder mal fragen.«

»Zu gefährlich. Man müsste das schriftlich machen und diese Fragebögen dann im Wartezimmer verteilen, falls es da so was gibt.«

»Wartezimmer? Meinst du, da kommt eine Krankenschwester rein und ruft ›Der Nächste bitte‹?« Theo setzte das Wort Krankenschwester mit seinen Fingern in Anführungszeichen.

»So genau interessiert mich das nicht. Jedenfalls werde ich bestimmt keinen danach fragen«, sagte Bill genervt.

»Aber 'ne Krankenschwester, so mit Latexkram.«

»Das ist ein Puff, kein Edelbordell mit Extrawünschen«, entgegnete Bill und trank das Bier aus.

»Im Chico, da war bis letztes Jahr noch 'n Pornokino drin«, erwiderte Theo und lugte durch das Fenster. »Jetzt ist da so 'n Scheißclub, gehört doch gar nicht hierher. Da steht jetzt aber ein anderer Türsteher. Wollen wir's noch mal versuchen?«

»Also gut, aber nicht so lange, ich will spätestens um sechs bei Katja sein.«

Bill griff nach der Tüte, die er auf der Bank neben sich abgestellt hatte. Sie bezahlten und schlenderten zum Club zurück.

Diesmal kamen sie rein und kämpften sich durch die tanzende Masse. Bill folgte Theo, der seinen Arm irgendwann nach links hob. Nach ein paar Minuten befanden sie sich an einem langen Tresen, der ebenfalls überfüllt war.

»Ziemlich verclubbt hier«, sagte Bill und stellte die Plastiktüte zwischen seine Beine. Theo drängelte sich zwischen zwei schick angezogene Sakkoträger und bestellte zwei Bier. Er passt hier nicht rein, dachte Bill, genauso wenig wie die beiden Typen neben ihm in einen kanadischen Wald gehören. Aber genau dafür mochte er Theo, und er mochte ihn für seine grobe Art, sich Platz zu verschaffen. Bill sah sich um. Weiter hinten sah er Sven tanzen, doch der bemerkte ihn nicht, was bei seinen ekstatischen Bewegungen auch kein Wunder war. Er war offensichtlich irgendwo anders und brauchte wesentlich mehr Platz zum Tanzen als der Rest der Avantgarde. Von seinen Mittänzern wurde er angerempelt und zog genervte Blicke auf sich, was ihn aber nicht zu stören schien. Wahrscheinlich merkte er es gar nicht.

»Ich hab gesagt, ich sitze hier, du Penner.«

»Halt's Maul, ich habe mich gerade entschuldigt«, hörte Bill seinen Mitstreiter schimpfen.

Unbeeindruckt stand er mit seiner massigen Statur am Tresen und wartete auf das Bier.

»Auf alle Krankenschwestern«, sagte Theo, nachdem er Bill ein Glas in die Hand gedrückt hatte.

»Ja, ja, meinetwegen.« Bill hob seinen Arm, denn Sven drängelte sich gerade durch die Tanzfläche.

»Hey, Spacy, ihr seid ja doch noch reingekommen. Ist fett was los hier, wa?«, prustete er euphorisch los, als er den Tresen erreicht hatte.

»Wo ist Volker?«, fragte Theo.

»Wahrscheinlich schon los, er war ziemlich genervt. Hat wahrscheinlich Fracksausen bekommen, weil's hier knüppeldicke voll ist.« Sven drehte sich um, als ob er sich noch mal davon überzeugen müsste.

Theo kippte den Rest aus seinem Glas hinunter.

»Bier?«, fragte er in die Runde und quetschte sich, ohne eine Antwort abzuwarten, nochmals zwischen die Sakkoträger und bestellte genüsslich drei Bier. »Auf alle Fickbrüder hier.«

Die beiden Sakkoträger, die neben Theo saßen, schienen genervt zu sein. Sie schauten so, als würde ein falsches Wort oder eine weitere Berührung eine Auseinandersetzung nach sich ziehen.

»Hey, Theo, lassen wir das mit den Fickbrüdern, könnte missverstanden werden«, versuchte Bill, die Lage ein wenig zu entspannen.

»Dann halt auf den schönen Menschenschlag hier.«

Bill grinste Theo an und schwieg. Sie waren so was wie die Handwerker unter den Discogängern: Sie konnten sich durchkämpfen und hatten das nötige Know-how, ein Bier auf ex zu trinken. Der Rest des Publikums schien ein höheres Semester der Clubszene zu sein, das sich vorzubereiten wusste. Solarien, Shopping, Fitnessclubs und so weiter. Er sah zu Sven. Er war der Godfather der Clubszene, dem so ziemlich alles egal war, solange es nur Spaß machte. Und er war mit den Regeln vertraut. Sven war gerade zu einer Frau gegangen, die neben den Sakkoträgern stand, und hatte sie auf die Tanzfläche gezogen. Sie war mitgegangen und hatte sich an seine Brust geschmissen. Dabei verrutschte der Träger ihres schwarzen Tops und legte einen nicht zu übersehenden Teil ihrer Brust frei.

Manchmal liegt der Teufel im Detail, dachte Bill, als einer der Sakkoträger seinen Platz verließ und auf Sven losmarschierte. Er schnappte ihn sich am Kragen und drückte mit der anderen Hand die nicht weniger überraschte Frau Richtung Tresen. Er schien Sven irgendetwas zu sagen, doch der reagierte nicht darauf, er versuchte, einfach weiterzutanzen. Bill war nicht sicher, ob Sven die Situation überhaupt realisierte, als der Sakkoträger ihn zu Boden stieß.

Er spürte den Griff der Plastiktüte, die er immer noch in seiner Hand hielt, und ohne weiter zu überlegen, schleuderte er sie dem Sakkoträger um die Ohren. Das Geräusch der platzenden Eier war durch die laute Musik kaum zu hören. Er drehte sich um und sah, wie Theo umständlich die drei frisch erworbenen Biere wieder auf den Tresen stellte und Richtung Sven rannte. Der andere Sakkoträger half seinem Freund auf und Sven war auf den Boden der Tatsachen zurückgekehrt. Ein Kreis von Clubgängern hatte sich rings um das Geschehen gebildet.

Es hat keinen Zweck, zu diskutieren, das war gedankenlos und blöd, dachte Bill. Er blickte zu Sven, Theo stand neben ihm. Es war der richtige Zeitpunkt, die Flucht zu ergreifen, bevor es in die zweite Runde ging. Sie drängelten sich über die Tanzfläche dem Ausgang entgegen. Im Gedränge kamen zwei Türsteher auf sie zu und hielten sie auf. Der niedergegangene Sakkoträger sagte, er könne auf dem linken Ohr nicht mehr hören, die Polizei müsse kommen, wegen Körperverletzung. Bill wies darauf hin, dass sie hier nicht festgehalten werden dürften, als Theo den Türsteher kurzerhand beiseite stieß und sie auf sein Kommando hinausliefen.

Durch die Puffgasse rannten sie ins nächste Wohngebiet und versteckten sich in einem Hinterhof.

»Denen hast du's aber gezeigt«, sagte Sven.

»Na ja«, sagte Bill zweifelnd.

»Die Sakkowichser haben nicht genug Puste, die Luft ist rein«, sagte Theo, der aus der Hofeinfahrt lugte.

»Und was jetzt?«, fragte Sven. »Das Eastside hat heute zu.«

»Lasst uns zu mir gehen, ich hab noch Bier zu Hause«, schlug Theo vor.

Kurz darauf fand Bill sich auf der ausgebauten Rückbank eines Opel Admirals wieder, wie Theo stolz anmerkte. Sven fläzte sich auf einer Schlafmatratze.

»Mittendrin und doch nur dabei gewesen«, frotzelte Theo.

»Hey, wenn ich gewusst hätte, dass die Alte einen Freund hat, hätte ich doch nicht mit der getanzt«, rechtfertigte sich Sven.

»Sicher?«, merkte Theo fragend an.

»Und wenn schon, die hat doch mitgemacht«, sagte Bill.

»Das war die Alte von so 'nem Scheißclubheini«, sagte Theo.

»Hätte aber vielleicht ganz gut gefickt.«

Sven war damit beschäftigt, einen Joint zu drehen. Durch das Fenster der Souterrainwohnung sah Bill, wie die Morgendämmerung den Himmel violett färbte. Er musste langsam aufbrechen und noch irgendwo frische Brötchen kaufen.

»Ganz bestimmt sogar«, murmelte Sven gedankenverloren und gab den Joint weiter.

Als Bill den Joint bekam, stellte er fest, dass ihm die Biere schon ziemlich stark den Kopf vernebelten. Er nahm trotzdem einen Zug und reichte die Zigarette weiter. Er dachte wieder daran, dass er losmusste, suchte an den Handgelenken seiner Gefährten eine Uhr und ehe er sich's versah, hatte er wieder den Joint zwischen seinen Fingern.

5

Er wachte auf der ausgebauten Rückbank des Opel Admirals auf und blickte aus dem Fenster. Es dämmerte. Theo und Sven schliefen fest. Er versuchte, möglichst leise zu sein, um die beiden nicht zu wecken. Vorsichtig griff er nach seiner Jacke und eilte zu Katjas Wohnung in der Hoffnung, sie noch anzutreffen. Zehn Minuten später drückte er den Klingelknopf. Immer wieder. Verzweifelt suchte er die Straße nach ihrem Wagen ab. Wenn er doch nur alles aufklären könnte. Er wartete noch eine dreiviertel Stunde auf der Eingangstreppe, holte sich dann in der nahegelegenen Postfiliale einen Zettel und schrieb eine knappe Entschuldigung und seine Telefonnummer darauf. Den Zettel warf er in Katjas Briefkasten und ging zum Bahnhof.

Der nächste Zug nach Hannover war ein Intercity, Bill hörte den Rollgeräuschen im Abteil zu. In der Dunkelheit versuchte er, den Vorort auszumachen, in dem Katja jetzt wohl für irgendwen Bockwurst aufwärmte.

Der Intercity Express brauste durch das Hinterland. Irgendwann hielt er in Kassel, dann noch mal in Göttingen, und während der Zug die Distanz überwand, blickte Bill reglos aus dem Fenster, erwartete den Hauptgüterbahnhof, dann die Reifenfabrik. Als der Zug in den Hauptbahnhof einfuhr, war es dunkel.

Er nahm den Hinterausgang und fühlte sich auf einmal sehr wohl. Die Leuchtreklame des kürzlich gebauten Multiplexkinos erstrahlte in der aufkommenden Nacht. Eigentlich fand er, dass dieses große Kino hier gar nicht hinpasste, aber es stand nun mal da und man würde sich bestimmt daran gewöhnen. Es war so ähnlich wie mit den Möbelstücken seiner Einzimmerwohnung. Sie waren nicht schön, aber wenn er sie sah, wusste er, dass er zu Hause war. Er überquerte die Ringstraße und an der nächsten Querstraße sah er schon den Cizek-Grill. Große grüne Buchstaben auf einer gelben Folie, die die Hälfte des Schaufensters ausfüllte.

Er hatte lange nichts mehr gegessen, fiel ihm auf, der Hunger trieb ihn schnurstracks in den türkischen Imbiss. Er bestellte einmal Lahmacun zum Mitnehmen und sah auf den Fernseher, der über dem Fenster angebracht war. Es lief eine türkische Seifenoper. Der Ton war leise gestellt, doch er hörte kaum merklich eine Baglama, die eine Liebesszene begleitete, in der ein türkisches Pärchen auf der Atatürkbrücke tanzte. Während Bill stupide auf den Bildschirm starrte, packte der Mann die türkische Pizza in Alufolie ein.

Als Bill nach seinem Portemonnaie kramte, fühlte er etwas Fremdes in seiner Jackentasche. Katjas Wohnungsschlüssel! Er hatte sie gestern Abend eingesteckt, bevor er sich aufgemacht hatte, um Frühstück zu besorgen. Mittendrin und doch nur dabei gewesen. Er dachte an seine Gefährten, die er wahrscheinlich nie wiedersehen würde. Katja würde von ihm auch nichts mehr wissen wollen. Sie würde nur anrufen und ihn anfauchen, was das mit dem Schlüssel sollte.

»Scheiße!«, fluchte Bill leise.

»Kein Problem. Bezahlen nächstes Mal.« Der türkisch-stämmige Mann reichte Bill die Tüte.

»Schon gut«, sagte Bill und bezahlte. Er ging zwei Häuserblöcke weiter und bog in die Hallerstraße ein, in der sich seine Wohnung befand. Im Briefkasten fand er die beiden Aftershave-Proben von Richard, wie versprochen: zwei kleine Fläschchen mit Schraubverschluss. Bill nahm sie mitsamt dem Auswertungsbogen heraus und ging hoch. Er machte in seiner Wohnung Licht und schaltete sein Röhrenradio ein. Die Röhren wärmten sich nur langsam auf und die Nachrichten, die gerade liefen, wurden allmählich lauter. Bill griff nach der Liste, auf der er die Frequenzbereiche der Sender aufgeschrieben hatte. Er drehte am Regler und suchte den Sender, den er in Fulda gehört hatte. Die Pupille des magischen Auges starrte ihn an, die fluoreszierende Schicht leuchtete grün und bestätigte den einwandfreien Empfang. Es dudelte ein Rap vor sich hin. Radiomusik, dachte er geringschätzig. Aber vielleicht hörte Katja dieses Lied jetzt auch, während sie sich mit irgendwelchen Kunden herumschlug. Nicht sein Geschmack, aber so was musste auch gespielt werden. Ein Hoch auf die Radiomoderatoren, sie halten die Welt zusammen. Katja ist auch so etwas Ähnliches. Sie ist da, wenn irgendwer kommt, der denkt, er wäre allein. Auch sie hält die Welt zusammen, zumindest nachts.

Er packte die türkische Pizza aus und nahm einen großen Bissen. Währenddessen sah er auf seinen Anrufbeantworter. Die rote Leuchtdiode blinkte und er drückte die schwarze Taste. Die kleine Kassette spulte zurück, es rauschte, dann hörte er Richards Stimme: »Hey, Bill, ich brauch dringend den ausgefüllten Fragebogen, schreib irgendwas rein, ich hol ihn morgen ab.« Es piepte einmal. »Bill, wo bist du? Ich war gestern dreimal bei dir, melde dich mal.« Es rauschte wieder, dann piepte es zweimal. Bill setzte sich und las den Auswertungsbogen durch.

›Probe 1: Was assoziieren Sie mit dem Duft des Aftershaves?‹

Bill schraubte den Verschluss der ersten Probe auf und roch an der Öffnung des Fläschchens. Er verteilte das Aftershave auf seinem Handrücken. Nachdem er ein paar Mal daran gerochen hatte, zog er einen langen Strich durch den Bogen. Er überlegte kurz und schrieb mit großen Druckbuchstaben ›Bartträger‹ darauf.

Das Telefon klingelte. Bill schrak auf. Wer sollte so spät noch anrufen? Er dachte sofort an Richard oder Katja. Keinen von beiden würde er jetzt unvorbereitet sprechen wollen. Er würde etwas sagen, was ihm hinterher leidtäte, oder etwas hören, was er jetzt nicht hören wollte. Nach dem fünften Klingeln schaltete sich der Anrufbeantworter dazwischen. Es rauschte, dann kam Bills knapper Text, der aussagte, dass er nicht zu sprechen sei. Es rauschte nochmals, dann war Stille und nach einigen Sekunden wurde aufgelegt. Katja, dachte er, das kann nur Katja gewesen sein.

6

›They look like tentacles to me. There, I can see the thing's body.‹

Bill wurde von einer besorgten Stimme geweckt, die durch den Äther drang. Es war die Stimme eines amerikanischen Reporters, die resignierend berichtete, dass eine außerirdische Intelligenz New Jersey in Schutt und Asche gelegt habe und die Marsianer sich New York näherten. Im Hintergrund waren kreischende Menschenmassen zu hören. Kurz darauf wurde in das New-York-City-Rundfunkstudio geschaltet. Ein Reporter verkündete, eines der hochhausgroßen Monster habe gerade den Hudson überquert und die Menschen flüchteten zum East River. Ein tiefes oszillierendes Signalhorn untermalte die Stimme.

›But that face. It … it's indescribable. I can hardly force myself to keep looking at it.‹

Bill hatte den Vormittag im Technikraum verbracht und Mikrofonkabel der Länge nach sortiert und getestet, alles im Auftrag von Nadine, die ihn wieder mal nicht gebrauchen konnte. Nur durch den Gedanken an Katja bekam der Praktikumsalltag eine Leichtigkeit, die über solche Tage hinwegtröstete. Und dieser Gedanke ließ ihn hoffen. Er hatte schon überlegt, sie zu besuchen, aber da sie nachts arbeitete, war das nicht ohne Weiteres möglich. An den Wochenenden musste sie arbeiten, das hatte sie ihm letzte Woche in einem Brief geschrieben, nachdem er ihr den Schlüssel zugeschickt hatte. Außerdem hatte sie geschrieben, dass sie gerade dabei sei, eine neue Bewerbungsmappe vorzubereiten. Und dass sie sich melden werde, wenn sie nicht mehr so viel zu tun habe.

Die letzten beiden Stunden bis zum Feierabend verbrachte Bill mit einer Botentour, um 15.00 Uhr verließ er das Funkhaus und fuhr mit der Bahn zum Hauptbahnhof. Dort beschloss er, den restlichen Weg zu Fuß nach Hause zu gehen. Er ging durch die Passerelle und hörte auf der Rolltreppe hinter sich eine Stimme, die seinen Namen rief. Er drehte sich um und erkannte Richard die Stufen hochkommen.

»Hey, Mann, alter Falter«, Richard hatte sich zu ihm durchgedrängelt und boxte ihm mit der Faust gegen die Schulter. »Wie läuft's?«

»Geht so«, erwiderte Bill, »wieder für die Marktforschung am Start?«

»Nee, hat sich nicht gelohnt«, er machte eine abwertende Handbewegung. »Hab jetzt einen neuen Job!«

»Was ist eigentlich aus den Umfragebögen geworden?«, fragte Bill.

»Keine Ahnung, kriegen wir nicht mit. Aber ich glaube, das wird eh alles überschätzt. Wenn ich daran denke, was die Leute so angekreuzt haben.«

»Na ja, hängt ja auch ein bisschen von dem Fragesteller ab«, erwiderte Bill und zeigte amüsiert auf Richard. »Ich kenn mich da ja nicht aus, aber wenn du bei allen Leuten so vorgegangen bist wie bei mir, dann ist das nicht so richtig objektiv.«

»Bei den Leuten, die ich nicht kenne, hab ich das natürlich nach Lehrbuch gemacht«, entgegnete Richard empört. »So qualitative Marktforschung hoch drei. Aber wenn du einen halben Tag auf der Straße stehst und dann nur vier Leute bei der Umfrage mitmachen, kannst du dir den Stundenlohn ausrechnen. Deswegen hab ich auch gekündigt.«

»Und was machst du jetzt?«

»Bin bei Teleservice H. Ist ein Callcenter hier in der Oststadt.«

»Wieder so 'n Marktforschungskram?«

»Nee, Beschwerdemanagement«, sagte Richard stolz, als wäre das der große Wurf.

»Beschwerdemanagement?« Bill sah ihn fragend an. »Wer hat sich denn das ausgedacht?«

»Ich versuche, zu beschwichtigen. Psychologie, verstehste?« Richard senkte langsam seine Hände und zwinkerte ihm zu. »Der Kunde hat immer recht.«

»Ja, natürlich verstehe ich das«, belächelte Bill diese dämliche Bemerkung und war doch beeindruckt von Richards jovialer Identifikation mit den Maximen seines neuen Arbeitgebers.

»Ich bin Beschwerdeagent, mit Schulung und so. Du könntest das auch machen, die suchen noch.«

»Ganz bestimmt nicht«, sagte Bill und zeigte Richard einen Vogel. Aber dann dachte er darüber nach. Der größte Teil seines Ersparten war aufgebraucht. Noch ein, zwei Monate, dann wäre es vorbei mit der komfortablen Lebensführung, die Kneipen- und Imbissbesuche einschloss. Die zweihundert Mark, die er monatlich vom Sender bekam, waren bis zur Monatsmitte verbraucht und seine Eltern wollte er nicht bitten. Sie bezahlten eh schon die Miete und steuerten hundert Mark monatlich zur Haushaltskasse bei.

»Ein bisschen Kohle wär trotzdem gut«, sagte er zu Richard, der gerade einer jungen Frau nachsah.

»Dann geh doch zu Zenneting, die suchen Aushilfskräfte für die Urlaubszeit«, schlug Richard vor.

»Was muss man denn da machen?«

»Keine Ahnung, hat mit der Uni nicht gepasst«, sagte Richard. »Und sonst? Läuft bei dir noch was mit … wie hieß die noch?«

»Katja.«

Richard nickte. »Hast du sie noch mal getroffen?«

»Nee, noch nicht.«

»Echt nicht?«, wunderte sich Richard. »Lass dir so eine Chance nicht entgehen!«

»Sie hat gerade ziemlich viel zu tun«, sagte Bill selbstbewusst, als sei er bestens informiert.

Richard setzte ein Grinsen auf, das Bill gehörig nervte, aber er wollte sich nicht rechtfertigen.

»Ich krieg übrigens noch zehn Mark von dir«, sagte er stattdessen, nur um Richards Überheblichkeit etwas entgegenzusetzen. »Ich sag's ja nur.«

»Jaja, meinetwegen«, Richard grinste. »Ich lad dich ein. Im Klein Kröpcke ist Happy Hour. Cocktails für zwei Mark!«

»Nee, lass mal. Ich wollte nach Hause. Nachher gibt es Krieg der Welten im Radio.«

»Krieg der Welten? War das nicht das, wo die Leute dachten, das passiert wirklich? Dass die Außerirdischen kommen und so. Ist das nicht von George Orwell?«

»Nee, Orson Welles, glaub ich. Das Hörspiel jedenfalls.«

»Mein ich ja.«

»Das Buch ist von H. G. Wells«, sagte Bill, »da bin ich mir sicher.«

»Hat der nicht auch 1984 geschrieben?«, fragte Richard.

»Das war George Orwell.«

»Scheiß doch der Hund drauf«, sagte Richard. »Wie sieht's nächstes Wochenende aus? Da bin ich dann auch mit den Prüfungen durch.«

»Ja, klar«, erwiderte Bill, ohne zu überlegen, da er eigentlich immer Zeit hatte, außer … Nächstes Wochenende, da wollte ihn eigentlich sein alter Freund Kasche besuchen. Seinen neu erworbenen Wagen mal so richtig über die Autobahn jagen und gucken, wie viel er bringt, so ungefähr hatte sich Kasche vor zwei Wochen angemeldet.

»Ach nee«, sagte Bill, »nächstes Wochenende kommt ein Kumpel zu Besuch«, er zeigte mit dem Zeigefinger auf Richard. »Aber das eine schließt das andere ja nicht aus. Meld dich einfach!«

»Ja, mal sehen«, erwiderte Richard und klopfte Bill zum Abschied auf die Schulter.

»Und danke noch mal für den Tipp mit Zenneting. Ich ruf da gleich mal an. Vielleicht ist da noch wer«, rief er Richard nach, als er sich winkend verabschiedete.

Zu Hause angekommen, hatte Bill in den Gelben Seiten die Nummer der Fabrik schnell gefunden und, ohne groß zu überlegen, in der Personalabteilung angerufen. Es war ein kurzes Gespräch mit einer freundlichen Dame, die nur ein paar Fragen bezüglich seiner spezifischen Eignung hatte. Voraussetzung sei eine Berufsausbildung, aber Abitur gehe auch. Er solle am Montag die Bescheinigungen mitbringen, dann könne er beginnen.

Dass es so schnell gehen würde, hätte er nie erwartet, aber er sagte gleich zu. Wer weiß, wie er das morgen sah.

Da saß er nun und hatte einen Aushilfsjob am Hals. Aber er brauchte das Geld dringend und außerdem eine Auszeit vom Praktikum. Er rief bei Veronika an, der Redakteurin des Vormittagsmagazins, und nachdem er seine Situation erklärt hatte, gab sie ihm drei Wochen Urlaub.

›800 yards, 600, 400, 200 …‹

Der Reporter berichtete, dass Millionen Menschen Richtung Long Island flüchteten. Die Kommunikation sei zusammengebrochen. Die Armee verteidige nicht mehr. Die Menschen hätten sich ihrem Schicksal ergeben.
›Isn't there anyone on the air? Isn't there anyone …‹

Er fühlte sich ebenfalls, als hätte er sich seinem Schicksal ergeben. Er würde in drei Tagen arbeiten müssen. Richtig arbeiten. Dafür aber auch richtig bezahlt werden.

Im Radio liefen die 22.00-Uhr-Nachrichten. Er schlief wieder ein und als er früh am Morgen schweißgebadet aufwachte, erinnerte er sich nur noch an dreibeinige Monster, die in einer verwinkelten Fabrikhalle herumschlichen und mit ihren langen tentakelartigen Extremitäten den Fabrikarbeitern den Garaus machten. Als er nach einigen Sekunden begriff, dass er nur geträumt hatte, drehte er sich um und versuchte weiterzuschlafen. Schlimmer als im Traum konnte es nicht werden.

7

»Guten Morgen, sind Sie Herr Hoffmann von der Endkontrolle?«

Der Mann schrieb Notizen in einen Kalender, guckte flüchtig hoch und nickte. »Guten Morgen, Sie müssen Herr Fehsenberg sein. Waren Sie schon in der Personalabteilung?«

Bill nickte. »Da komm ich gerade her. Ich sollte mich bei Ihnen melden.«

Herr Hoffmann schaute durch die Werkhalle, als suchte er einen entflogenen Kanarienvogel, und sagte kurz darauf, dass er Bill erst mal die Halle zeigen werde. Am Ende des Rundgangs blieb er an einem großen Werktisch stehen, auf dem ein zusammengerolltes Förderband lag.

»Morgen, Herr Schwarz«, grüßte Herr Hoffmann einen Arbeiter, der gerade etwas protokollierte. »Sie bekommen endlich Verstärkung. Das ist Herr Fehsenberg.« Er klopfte Bill ein paar Mal auf die Schulter.

Herr Schwarz starrte Herrn Hoffmann an und nickte knapp.

»Herr Schwarz wird Ihnen dann alles Weitere zeigen«, sagte Herr Hoffmann und ging zurück zu seinem Schreibtisch.

»Volltrottel«, sagte Kollege Schwarz, als Herr Hoffmann außer Hörweite war. Dann stemmte er das Band auf einen Rollwagen und brachte es in die Nachbarhalle. Bill schaute ihm nach und sah sich neugierig um.

Die Fabrikhalle, die so groß war, dass ein Flugzeug darin Platz fände, war wie eine kleine Welt für sich. Sie wurde, obwohl es draußen schon hell war, von grellen Neonröhren beleuchtet. Im Hintergrund war fortwährendes Gemurmel zu hören, das sich wie ein Rauschen durch die Halle zog. Es roch nach Maschinenöl und heiß gelaufenen Elektroleitungen. Einige Arbeiter hetzten durch die Halle, andere standen herum und unterhielten sich, doch der größte Teil fummelte an Maschinen herum. Und alle gehören sie zu dem produktiven Kollektiv, dachte Bill fasziniert, während er sich umsah. Auch sein unmittelbarer Arbeitskollege Herr Schwarz. Der kam jetzt mit einem neuen Band und stellte sich mit Handschlag vor. »Ich bin Rafael. Fröhliche Zusammenarbeit!«

Rafael war athletisch gebaut, das kam sicherlich vom Stemmen der schweren Förderbänder. Doch dann bemerkte Bill, dass die beiden Kollegen am Nachbartisch der gleichen Arbeit nachgingen und keinesfalls so aussahen, obwohl sie glaubhafter den Eindruck von Fließbandfabrikarbeitern vermittelten.

Bill schrak durch ein lautes Räuspern auf und half schleunigst mit, das Band auf den Tisch zu heben. Rafael erklärte ihm seine Aufgaben und beendete seine Ausführungen mit: »Das schafft jeder.«

Er hatte etwas Jugendliches an sich, wie Bill fand, obwohl er bestimmt schon Mitte dreißig war. Vielleicht lag es auch an dem spöttischen Lächeln, das er gelegentlich aufsetzte.

Bill maß auf seiner Seite die Abstände zwischen den Markierungen und gab sie dem Kollegen weiter, der diese mit den Längentoleranzen des entsprechenden Typs verglich und protokollierte. Es dauerte vielleicht zwanzig Minuten, bis sie ein Band geprüft hatten. Dann brachten sie es in die Auslieferung und holten das nächste Band.

»Fröhliches Frühstück«, sagte Rafael, verzog seine Mundwinkel zu einem irren Grinsen und verließ den Arbeitsplatz.

Bill sah auf die Werkuhr. Das erste Etappenziel war erreicht. Er verstaute sein Messinstrument in der Schublade und sah sich um. Am Nachbararbeitsplatz saßen zwei Kollegen und waren gerade dabei, ihr Frühstück zu arrangieren, das aus je einer Thermoskanne und Unmengen von Broten bestand. Bill hatte sich gestern fest vorgenommen, sich für die Pause Brote zu schmieren und Kaffee aufzubrühen, weil er nicht wollte, dass sein sauer verdientes Geld gleich wieder der Kantine zum Opfer fiel, aber das war ihm heute früh gründlich misslungen. Als er merkte, dass die beiden Arbeitskollegen vom Nachbartisch herüberschauten, ging er zu ihnen und stellte sich vor.

»Bist du Student?«, fragte der Dickere von beiden, dessen Hosenträger so stramm saßen, dass der Hosenbund seines Blaumanns auffallend weit oben saß und die Hosenbeine an den Waden endeten. Bill musste unwillkürlich an Obelix denken.

»Nee, ich bin beim Radio«, antwortete Bill automatisch, fügte dann aber schnell hinzu, dass er da nicht richtig sei, weil er das irgendwie nicht angemessen fand, sondern nur ein Praktikum mache und dann werde man sehen.

»Ich bin der Günther«, sagte der Mann, der aussah wie Obelix.

»Hast du nichts zu essen mit?«, fragte der andere und es klang, als ob das Mitbringen von Pausenbroten im Arbeitsvertrag verankert wäre.

»Ich hol mir nachher 'ne Pommes in der Kantine«, verteidigte sich Bill und ihm fiel auf, dass das linke Auge des Kollegen fortwährend geradeaus starrte, während das andere unruhig umherwieselte.

»Ihr esst doch alle nur noch Pommes und geht zu McDonald's, kein Wunder, dass ihr nicht mehr arbeiten könnt«, schimpfte er und sah dann abfällig grinsend zu Günther. »Immer nur Pommes, so sehen sie auch aus.«

Günther ignorierte ihn und griff nach seiner Thermoskanne.

»Ist doch so, nur noch Labberkram.« Günthers Kollege brachte sich regelrecht in Rage und fuchtelte mit den Händen.

»Nun ist gut«, sagte Günther und drehte sich entschuldigend zu Bill, doch sein Kollege machte unbeirrt weiter.

»Guck dir die Kinder vom Hoffmann an. Studenten, haben keinen Mumm in den Knochen, die sehen alle aus wie Pommes.« Es schien, als spräche er mittlerweile mit sich alleine.

»Der ist halt so«, erklärte Günther, während sein Kollege etwas von »kein Wunder« und »Berg runter geht« schwätzte. »Einfach weghören.«

Doch nach einer Weile konnte selbst Günther nicht mehr weghören und gab seinem Kollegen ein Stück Zeitung, was ihn ruhigstellte.

Der erste Tag ist nicht leicht, dachte Bill und wartete, dass die Pause endete, während Günther seine Stullen aufklappte, um zu sehen, was sich darin verbarg.

Nach der Frühstückspause maßen sie das Band fertig und brachten es in die Montage. Auf dem Rückweg blieb Rafael an einem Getränkeautomaten stehen.

»Cappuccino?«, fragte er und grinste. Nachdem er Bill das Heißgetränk in die Hand gedrückt hatte, hob er feierlich seinen Becher und sagte: »Willkommen im Tollhaus!«

»Der erste Tag ist immer ein bisschen komisch«, versuchte Bill, seine Unsicherheit herunterzuspielen.

»Hier ist jeder Tag so«, sagte Rafael grinsend, trank den Cappuccino aus und zerdrückte den Plastikbecher.

Die Zeit bis zur Mittagspause verging rasch. Der cholerische Kollege vom Nachbartisch machte zwischendurch noch einmal Radau, weil er schon das dritte Band in Folge bekam, das er und Günther zum Nachbessern schaffen mussten, und er sofort wusste, dass die Firma durch solch schlampige Arbeit den Bach runtergehe. Bill wunderte sich, dass Günther auf das Geschimpfe nicht einging und ruhig blieb. Als die beiden Kollegen außer Hörweite waren, sagte er, dass es am Nachbartisch nicht ganz rundlaufe, und Rafael fing lauthals an zu lachen.

»Fröhliche Mittagspause. Das Band bringen wir nachher weg«, sagte er und verließ die Halle.

Sechseinhalb Stunden, dachte Bill, nachdem er auf die Werksuhr geschaut hatte. Er schätzte, dass er bisher so um die sechzig Mark verdient hatte. Da hatte er sich eine Portion Pommes verdient. Und eine Wurst. Und was zu trinken. Scheiß aufs Geld.

Bill saß auf der Werkbank und ließ die Füße baumeln. Er hatte in der Kantine gegessen und wartete auf seinen Kollegen. Als er gerade sein Messwerkzeug bereitlegte, betrat Rafael die Werkhalle und blieb vor einem Regal stehen. Die

Entfernung war zu groß, als dass Bill auf Details hätte achten können, doch er sah, wie Rafael einen gewaltigen Ausfallschritt machte und mit seinem Sicherheitsschuh ein beachtliches Loch in ein Bündel zusammengefalteter Pappkartons trat. Bill meinte, ein dumpfes Trittgeräusch dabei zu hören, war sich aber aufgrund der Entfernung nicht sicher. Als Rafael mit ausdrucksloser Miene zu ihm kam, sagte Bill nichts dazu und sie bestritten die letzte Etappe des Arbeitstages.

Später standen sie wieder vor dem Getränkeautomaten. »Ich bin nur auf der Arbeit so«, sagte Rafael. »Man darf das hier nicht zu ernst nehmen, sonst …« Er nickte zu ihrer Abteilung, wo Günther und sein cholerischer Kollege gerade ein Förderband aufrollten.

»Wie lange bist du hier schon?«, fragte Bill.

»Seit zwei Jahren.«

»Und was hast du davor gemacht?«

»Ich bin auf See gewesen. Auf dem Motorschiff Berlin. Schiffssteward.«

»Schiffsteward?« Bill hatte sofort das Bild des Stewards der Traumschiffserie vor Augen.

»Gastronomischer Service«, Rafael lachte. »Aber eigentlich bist du da alles gleichzeitig.«

Bill musste schmunzeln, weil er immer noch das Bild von Sascha Hehn in geleckter Uniform vor Augen hatte und sich Rafael vorstellte, wie er einem weiblichen Gast Avancen machte. »Und was machst du jetzt *hier*?«, fragte er.

»Ich hab an Bord meine Süße kennengelernt. Und dann sind wir hier sesshaft geworden.«

»Na, die Herren, alles klar?«, fragte Herr Hoffmann, der wie aus dem Nichts aufgetaucht war. Rafael nickte ihm übertrieben zu, sodass es fast wie eine Verbeugung wirkte, die einem Herrenmenschen galt, dabei bestätigte er, dass hier alles klar sei, und grinste Herrn Hoffmann ausdruckslos an. Bill sagte ebenfalls, dass alles klar sei, obwohl er nicht fand, dass das zutraf.

»Ich habe den Dienstplan für nächsten Monat fertig.« Herr Hoffmann gab Rafael einen Din-A4-Bogen. »Nächste Woche arbeitet Herr Fehsenberg mit Herrn Weich zusammen. Sie sind nebenan mit Herrn Schulz.«

»Herr Fehsenberg könnte die restlichen zwei Wochen mit mir arbeiten«, schlug Rafael vor. »Dann müsste er sich nicht noch auf Herrn Weich einstellen.«

»Wir müssen uns an das Rotationssystem halten, Herr Schwarz. Sie wissen doch, das ist jetzt Vorschrift.«

»Seit es die Qualitätssicherung gibt, drehen alle ein bisschen durch«, sagte Rafael, nachdem Herr Hoffmann gegangen war.

»Was soll das bringen. Mit dem Rotieren und so?«, fragte Bill.

»Verbesserung des Betriebsklimas, mehr Produktivität«, sagte Rafael und verfiel in einen gebetsartigen Singsang: »Das müssen wir machen, um eine konstante Produktqualität sicherzustellen.«

»Wer ist denn Herr Weich?«, fragte Bill.

»Das ist Norbert. Der mit Günther zusammenarbeitet.«

»Der, der mit dem einen Auge so komisch guckt?«

Rafael nickte. »Da hätte Hoffmann auch mal zusehen können, dass einer von uns mit dem zusammenarbeitet und nicht gerade eine Aushilfe. Aber dafür hat er keinen Mumm.«

»Was ist mit seinem Auge?«, fragte Bill.

»Das war ein Arbeitsunfall. Norbert hat früher als Dreher gearbeitet und da ist ihm ein Span ins Auge gekommen. Seitdem guckt er nur noch einseitig.«

»Einseitig?«

»Gewissermaßen einäugig«, erwiderte Rafael und grinste.

»Das ist ein Glasauge?«, fragte Bill erschüttert.

»Sagen wir, Augenprothese.« Rafael nickte und begann zu lachen. »Gegen Norbert ist sogar die Qualitätssicherung machtlos.«

»Halb so wild. Krieg ich schon hin«, sagte Bill leichtfertig.

Rafael sah ihn an und sagte nichts.

Inzwischen hatte Bill sich auf Rafaels Arbeitstempo eingestellt und fand, dass die Zeit gut verging. Neues Band. Messen. Typenschlüssel ermitteln. Darin konnte man sich verlieren. Rafael protokollierte. Neues Band. Messen. Wenn es gut lief, schafften sie drei Bänder die Stunde.

Sie überprüften die Kontrollmarken des letzten Förderbandes und brachten es zum Verbinden in die Montage. »Fröhlichen Feierabend«, sagte Rafael, nachdem der Arbeitsplatz durchgefegt und das Werkzeug in den Schränken verstaut war.

»Wünsch ich dir auch.«

»Noch nicht ganz«, seufzte Rafael. »Ich muss gleich noch ins Tanzcafé.«

»Ins Tanzcafé?«, fragte Bill, der nicht davon ausging, dass Rafael nach der Arbeit dort das Tanzbein schwang.

»Das alte Tanzcafé Sehnsucht am Marktplatz. Das hab ich mit einem Freund gepachtet. Wir bauen das um und in zwei Monaten eröffnen wir.«

»Ein Tanzcafé?«, fragte Bill irritiert.

»Ein Café mit kulinarischen Leckereien. Das wird was Exklusives.«

»Und hier?«

»Wir machen das erst mal zwei Abende in der Woche. Und dann sehen wir, wie das so läuft.«

Bill nickte und verabschiedete sich. Er ging zum Spind, der ihm an diesem Morgen zugewiesen worden war, tauschte die Sicherheitsschuhe gegen seine Straßenschuhe und schob die Zeiterfassungskarte in die Stechuhr. Der erste Arbeitstag war geschafft.

8

Es war Samstag. Die erste Arbeitswoche lag hinter ihm. Heute hatte Bill nachgeholt, was er in der letzten Woche versäumt hatte: jede Menge Schlaf und jede Menge hauswirtschaftliche Tätigkeiten. Er hatte seine Wohnung notdürftig aufgeräumt, den Abwasch erledigt und nach dem Einkaufen auf Kasche gewartet, der am späten Nachmittag mit seinem Renault eintrudelte. Bill hatte sich ein kleines Programm für ihn überlegt, das aus einer Stadtteilbegehung und einem anschließenden Besuch im Spektakel bestand, um mit einem Imbiss eine sichere Grundlage für den Abend zu schaffen.

»Du alte Großstadtkakerlake, das ist ja mal 'ne richtige Kneipe«, sagte Kasche begeistert, als sie das Spektakel betraten, »so wie die Härke-Schänke, nur ohne Gardinen.«

Bill dachte kurz an die Schänke und wie sie jedes Wochenende da gesessen hatten, bis sie entweder in den Palast gegangen oder nach Braunschweig gefahren waren, was aufgrund der Entfernung selten vorgekommen war. Sie, das waren Kasche, Sebastian, Heiko und ein paar andere, zu denen er keinen Kontakt mehr hatte. Er verdrängte den wehmütigen Gedanken und stimmte seinem Freund lachend zu, dann grüßte er Simone, die hinter dem Tresen Gläser spülte.

»Hey, Bill, lange nicht gesehen!«

»Weil ich meistens mit deinem Freund hierher komme. Aber der ist ja gerade in Norwegen«, erwiderte Bill. »Wie geht's ihm denn so?«

»Basti hat sich vor drei Wochen das letzte Mal gemeldet«, beklagte sie sich.

»Dann bist du Simone!«, schlussfolgerte Kasche haarscharf.

»Ja, ich bin Simone. Kommst du auch aus Knesebeck?«

»Sieht man das?«, kalauerte Kasche und es entstand eine Pause, weil Simone nichts darauf erwiderte.

»Wie läuft Sebastians Auslandssemester?«, fragte Bill, um den Gesprächsfluss am Laufen zu halten.

»Es macht ihm Spaß«, erwiderte sie, als wäre das ein Verbrechen, und wischte ihre Hände an der Schürze ab. »Ich hoffe, der Spaß«, sie setzte das Wort in Anführungszeichen, »ist nicht der Grund, dass er sich nicht meldet.«

»Der wird einfach total beschäftigt sein …«, Bill bemerkte seinen rhetorischen Fauxpas rechtzeitig. »Nicht so, wie du jetzt meinst, aber so ein Auslandssemester macht man nicht jeden Tag«, versuchte er sie zu beruhigen. »Außerdem ist Norwegen ziemlich dünn besiedelt. Das Land ist größer als Deutschland, aber da wohnen nur so um die fünf Millionen Leute. Da wird's dann auch entsprechend weniger Telefonzellen geben«, schlussfolgerte er.

Kasche blickte erstaunt zu Bill.

»Das kam mal im Radio, das mit den Einwohnern und so. Und das mit den Telefonzellen liegt doch dann auf der Hand.«

»Kann sein, wahrscheinlich hast du recht«, sagte Simone. »Aber was Basti kann, das kann ich auch. Ich gehe heute nämlich noch auf 'ne Party. Wenn ihr noch nichts vorhabt, könnt ihr mitkommen.«

Bill und Kasche nickten und gaben ihre Bestellung bei Simone auf, die gleich darauf schon zum Nachbartisch gerufen wurde.

»Wie läuft's denn so in Knesebeck?«, fragte Bill.

»Alles beim Alten«, erwiderte Kasche. »Ach so, Heiko war da und hat gesagt, dass er dich nächsten Monat besuchen will.«

»Warum das denn?«

»Wegen den Chaostagen.«

»Macht der nicht gerade an der Ostsee seinen Zivildienst?«

»Damit ist er fertig. Der ist jetzt in so 'nem Aktionsbündnis. Die waren vor zwei Wochen in Knesebeck und haben da übernachtet. Sind dann weiter ins Wendland, um den Castor aufzuhalten.«

»Wer sind *die*?«

Kasche zuckte mit den Schultern. »Einer von denen war so 'n Rastatyp. Und die andern beiden …«, er schüttelte den Kopf.

»Hat er gesagt, wann er genau kommen will?«

»Er hat nur gesagt, dass er sich noch mal bei dir meldet.«

Bill überlegte, wann er Heiko das letzte Mal gesehen hatte. Es musste vor seinem Zivildienst gewesen sein und er hatte nicht das Gefühl, dass er ihn vermisst hatte.

»Wie läuft's beim Radio?«, fragte Kasche, nachdem sie sich mit Bier und Baguettes gestärkt hatten.

»Ziemlich langweilig«, erwiderte Bill.

»Wieso? Du warst doch immer so 'n Radiofreak.«

»Das ist was anderes.«

»Hä, warum das denn?«

»Weil es ein Unterschied ist, ob ich Radio höre oder Radio mache.«

»Machst du nicht gerne Radio?«

»Doch, schon. Aber nicht, wenn ich nur die Scheißarbeit bekomme.«

»Ist doch nur ein Praktikum«, versuchte Kasche zu beschwichtigen.

»Eben. Da sollte man sich entscheiden, ob man's gerne macht oder nicht. Und ich frage mich, was ich nach dem Praktikum machen soll.«

»Na ja, was man dann halt so macht«, sagte Kasche.

»Dann lass mal hören, was man dann so macht.«

»Keine Ahnung, ich mach das ja nicht«, erwiderte Kasche entwaffnend.

»Man kann zum Beispiel Journalismus studieren«, klärte Bill seinen Freund auf, da er wusste, dass Mike das damals im Ruhrgebiet studiert hatte. »Das geht aber hier nicht und ich habe keine Lust, schon wieder umzuziehen«, gab er Kasche zu verstehen.

Wenn er ehrlich war – und diesen Gedanken verdrängte er oft –, traute er sich ein Journalismusstudium einfach nicht zu, weil das so groß klang. Das schafften andere Leute, so Leute, die sich dafür wirklich interessierten und nicht vor sich hin dödelten wie er.

Kasche nickte verständnisvoll. Das mochte Bill an seinem Freund, dass er nämlich ebenfalls keiner von denen war, die Karriere machen wollten, so wie einige Leute aus der Schule, die schnell den Wehrdienst abgeleistet hatten, um dann möglichst schnell studieren zu können, eine Familie zu gründen und dann … da fiel ihm auch nur noch der Ruheständler vor dem argentinischen Gutshaus ein und das Thema hatte er ja schon.

Kasche grinste ihn an, wie er es immer tat, wenn Bill seinen Gedanken nachhing und zu spät merkte, dass er angesprochen wurde.

Um kurz nach elf kam Simone und sagte, dass sie loswolle. Sie schlossen sich ihr an und gingen in die Nordstadt, wo die Party stattfinden sollte. Ein besoffener Langhaariger öffnete ihnen die Tür, nachdem sie Sturm geklingelt hatten. Simone ging voran und sie folgten ihr durch einen langen Flur. Kasche tippte Bill währenddessen an und zeigte in ein spärlich eingerichtetes Zimmer, in dem ein Typ im Schneidersitz hockte. Simone erklärte beiläufig, das sei René. Er sei in einer ganz komischen Religionsgemeinschaft, so mit Im-Kreis-Hocken und so, aber sonst ganz in Ordnung. Dann entdeckte sie ihre Freundin Caroline und stellte sie vor. Bill und Kasche gingen in die Küche, da dort laut Caroline die Getränke lagerten, und nahmen sich Bier aus dem Kühlschrank.

»Hier geht alles, oder?«, fragte Kasche, der aus dem geöffnetem Fenster in den Nachthimmel blickte.

»Alles und nichts«, erwiderte Bill. »Und alles, was dazwischen ist, geht hier auch.« Er trank einen Schluck und stellte sich neben Kasche ans Fenster. Die Tatsache, dass Kasche morgen wieder fahren würde, stimmte ihn traurig.

»Willst du eigentlich in Knesebeck bleiben?«, fragte er seinen Freund.

»Warum nicht?«, erwiderte Kasche.

Ihm fielen genug Gründe ein. Er hatte von seinen Eltern weggewollt, und das hieß, so weit weg, dass man nicht mal eben hinfahren konnte. So weit weg, dass die Autos andere Kennzeichen trugen. Nicht weil er nicht mit seinen Eltern klarkam, sondern weil er die Piefigkeit nicht mehr ertrug. Diese Dorfidylle mitsamt den Leuten, die sich nur dahingehend veränderten, dass sie älter wurden. Er kannte jeden Winkel Knesebecks. Er wusste, bei wem der Postbote Schnaps bekam und er wusste, wo sich der schwachsinnige Bernd immer versteckte, wenn er von zu Hause ausgerissen war. Er kannte sogar jeden Heuballen, denn er hatte früher in halb Knesebeck Prospekte ausgetragen und die übrig gebliebenen Prospekte in eben diesen Heuballen entsorgt. Es war Zeit für Neues. Aber Neues war auch schwer.

Bill hörte eine ihm bekannte Stimme. »Wer will noch Bier?«

Ein paar Leute machten sich bemerkbar und der Typ, der gerade in die Küche gekommen war, holte so viele Bierflaschen aus dem Kühlschrank, wie er tragen konnte, und stellte sie auf den Küchentisch. Es war Richard.

»Hey, Bill, alter Verwalter, was machst du denn hier?«, erkundigte er sich erfreut.

»Bier trinken?!« Bill hob seine Flasche, um es zu verdeutlichen.

»Haha, jetzt mal im Ernst, wen kennst du hier?«

»Die Freundin eines Kumpels«, erwiderte Bill und zeigte auf Simone, die mit Caroline im Flur stand und sich prächtig zu unterhalten schien. »Und du?«

»Eigentlich niemanden. 'ne Kommilitonin aus 'm Wohnheim hat gesagt, dass hier heute 'ne Party ist.«

Bill hatte nicht damit gerechnet, Richard hier zu treffen, aber es wunderte ihn auch nicht. Er war ihm merkwürdig vertraut. Irgendwie war es gut, Richard zu kennen.

»Das ist übrigens Karsten, ein alter Kumpel aus Knesebeck«, sagte Bill, »und das ist …«

»Richard!«, kam ihm Richard zuvor.

Sie begannen ein Gespräch über Rockmusik und es stellte sich heraus, dass beide den gleichen Musikgeschmack hatten. Sie fokussierten das Gespräch auf Kurt Cobain, der sich vor zwei Monaten ein Loch in den Kopf geschossen hatte, und irgendwann fragte Richard, was Bill für Musik höre. »Alles außer Radiomusik«, erwiderte er kurz angebunden. Kasche merkte an, dass Bukowski vor Kurzem ebenfalls gestorben sei, und Bill erinnerte sich, dass er mal ein Gedicht vom ihm gelesen hatte, in dem der Erzähler ein Mädchen, das an einer Bushaltestelle saß, beobachtete, sich alles an ihr einprägte, ihre Makellosigkeit, und sich einen runterholte, bis der Bus kam und sie ihm wegnahm.

Jetzt, wo er daran dachte, empfand er sein Praktikum und seinen Job als noch nerviger. Nur Katja gab der ganzen seltsamen Situation einen Sinn, nämlich den, dass alles vorbeigehen und einzig sie bleiben würde. Zumindest in Gedanken.

Plötzlich fing ein Teekessel fürchterlich an zu pfeifen und der spirituelle Typ, den Simone vorhin als René vorgestellt hatte, kam in die Küche geeilt.

»Wir gehen ins Café Metropolis!«, sagte Simone, die nun ebenfalls mit Caroline in die Küche gekommen war.

»Was wird denn da gespielt?«, wollte Bill wissen.

»Britpop, Alternative und so«, erwiderte Simone.

»Da war heute ein Konzert«, erklärte Caroline. »Was Russisches. Vielleicht spielen die noch.«

»Ihr geht ins Metropolis? Da komm ich mal mit«, sagte Richard wie selbstverständlich.

»Wir sind auch dabei«, ergänzte Bill nach kurzem Blickkontakt mit Kasche.

»Ich komme auch mit«, rief René und stellte die Teedose zurück ins Regal.

Sie gingen zu Fuß durch die Innenstadt ins Café Metropolis, in der gerade die Band ihre Zugaben spielte.

Kasche, Bill und Richard standen an der Tanzfläche. Simone und Caroline waren mit Bierholen dran und René hatte sich mit den Bongotrommeln der russischen Band angefreundet. Er bearbeitete sie und schrie Fantasiewörter russischer Anmutung. Nach ein paar Liedern deutete Kasche auf die kleine Bühne, auf der sich René an dem Schlaginstrument verdingte.

»Der Staat will das Volk betäuben, mit Alkohol«, schrie René jetzt. »Der will uns gefügig machen!« Er schlug noch einmal auf die Trommel, doch der Ton ging in der Discomusik unter.

»Wie ist der denn drauf?«, fragte Kasche.

»Den sehe ich häufiger in der Mensa«, erklärte Richard. »Der sieht immer so aus, als hätte er gerade Gott getroffen. Aber alles ohne Drogen und so. Hat ein Kommilitone aus der Fachschaft erzählt, ach ne, vom AStA …«

»Schon verstanden«, unterbrach ihn Bill. »Wir sollten da mal hin!« Ein paar Leute in dunklen Rollkragenpullovern standen breitbeinig vor René. Der schrie gerade: »Njet Wodka, njet« und unterstrich seine Russischkenntnisse mit seinen perkussorischen Fähigkeiten, während er »Grandiosnaja musika! Njet Wodka! Prekrasnaja!« rief.

»Das ist aber nicht gut jetzt. Wer weiß, was der redet, das sind zu viele ›Njets‹, das ist nicht gut«, sagte Kasche erschrocken.

»Der ist stocknüchtern, das ist ja das Schlimme«, rief Richard, während sie schon zu der kleinen Bühne eilten.

»Very good music!«, schrie Bill in den Krach der Discomusik. Im selben Moment wurde ihm klar, dass das genauso lächerlich klang, wenn nicht noch lächerlicher als das, was René von sich gegeben hatte. Immerhin war er betrunken, da konnte einem so etwas verziehen werden.

»Lass mal diese Scheißbongotrommeln los«, sagte Kasche zu René. »Die wollen einfach ihre Sachen abbauen.«

»Hey, was ist los? Wie seid ihr denn drauf?« René sah sie erstaunt an.

Die Bandmitglieder der russischen Combo drehten sich um, sie sahen alles andere als streitlustig aus.

»Das sind die Dudes of Iwanowo. Die machen gerade 'ne Tour durch Deutschland.«

Einer der Dudes, der einen Kontrabass in seinen Händen hielt, prostete René lauthals zu und winkte.

»Das ist Oleg Popel.«

»Ihr habt euch ja schnell kennengelernt. War das gerade richtiges Russisch?«, fragte Bill.

René nickte. »Ich hatte Russisch in der Schule.«

»Du kommst aus dem Osten?«

»Quatsch, Russisch als dritte Fremdsprache. Besser als Altgriechisch.«

»Also mir hat Latein gereicht«, mischte sich Richard ein. »Leck mich am Arsch. Ich geh jetzt doch mal tanzen.«

Selbst Kasche ging auf die Tanzfläche, tapste von links nach rechts, die Arme in Joggerhaltung, und fand irgendwann seinen Rhythmus. René schwebte förmlich über den Boden und harrte zwischendurch in einer stuporartigen Starre aus. Caroline und Simone waren ebenfalls da und ernteten die Blicke der mutlosen Männerschaft.

Bill verließ die Tanzfläche, nachdem er anstandshalber ein paar Lieder mitgetanzt hatte, und stellte sich an einen Pfeiler. Er genoss es, mit dieser zusammengewürfelten Mannschaft hier zu sein, und sah dem Geschehen vom Rand der Tanzfläche aus zu.

Irgendwann setzten sich seine Gefährten an einen frei-
gewordenen Tisch, dessen Gäste gerade aufgesprungen
waren, um die Tanzfläche zu stürmen. Bill setzte sich zu
ihnen und geriet mitten in eine Unterhaltung über tägliche
Nachmittags-Talkshows zum Thema Schönheitsoperatio-
nen mit entsprechenden Negativbeispielen. Im Laufe der
Nacht wurden die Gespräche abgehackter und umfassten
schließlich nicht mehr als Dreiwortsätze, degenerierte
Kommentare zu dem Treiben, das sich auf der nicht mehr
so gut gefüllten Tanzfläche abspielte und nurmehr aus bra-
chialen Tanzeinlagen kettenbehangener, schwarz gekleide-
ter Leute bestand, die Richard der Musikrichtung Indus-
trial-Metal zuordnete, sich dessen aber nicht ganz sicher
war.

Um kurz nach sechs ging die Musik aus und das Licht
an. Damit wich auch die Berauschtheit und es kam der
vorzeitige Kater. Das, was nachts das Café Metropolis war,
sah am Morgen bei kaltem Neonlicht versifft und trostlos
aus. Es stank nach Zigarettenqualm und Bill bemerkte, dass
sein Unterarm in einer Bierlache lag.

Sie verließen das Metropolis und traten in den Sonntag-
morgen, der hell und unwirklich schien. Das Tor zum Tag
hatte sich geöffnet, der Himmel war tiefblau und hell, er
wirkte künstlich wie Straßenbeleuchtung. Bald würde der
Tag vollständig sein, aus mehr bestehen als nur aus Vogelgezwitscher und unschuldiger Leere, die es zu füllen galt.

Bill wollte davor eingeschlafen sein. Nichts mehr merken
von dem schalen Gefühl nach der schönen Nacht. Einzig,
dass Kasche neben ihm ging, löste ein wohliges Gefühl in
ihm aus und erinnerte ihn an früher, wenn sie aus dem
Palast gekommen und genau wie heute nach Hause getor-
kelt waren.

9

»Und diesen Monat arbeiten wir zusammen?«, sagte Norbert am Montag darauf und Bill fand, dass die Frage eher wie eine Feststellung klang, die unwiderruflich war.

»Noch zwei Wochen, dann bin ich fertig«, sagte er und versuchte, genauso beiläufig zu klingen.

»Dann geht's wieder in die Universität?«, fragte Norbert.

»Bin kein Student«, erwiderte Bill kurz angebunden.

»Stimmt, bist bei der Zeitung, oder?«, fragte Norbert weiter.

»Radio! Ich mach ein Praktikum bei der Niedersächsischen Welle.«

»Na ja«, sagte Norbert, während sie ein Förderband auf den Werktisch stemmten. »Bei den Nachrichten im Radio kann man wenigstens davon ausgehen, dass die auch stimmen. Aber bei diesem Tutti-Frutti-Fernsehen …«, Norbert schüttelte den Kopf und maß den Abstand zwischen den Markierungen. »Das geht so nicht. Vierhundert zu viel, das muss zum Schäfer.«

»Was bitte?«, fragte Bill.

»Wenn die die Produktion nicht nach Polen verlegt hätten, gäbe es das ganze Theater hier nicht.«

»Hier stimmt's. Sechs Komma drei vier«, Bill maß vorsichtshalber noch einmal nach und fragte nach der Toleranzgrenze.

»Hier haben wir sechs Komma drei neun. Vierhundert mehr, außerhalb der Toleranz.« Norbert zog seine Stirnfalten zu tiefen Runzeln zusammen und schüttelte vorwurfsvoll den Kopf.

»Siebener Profil rechts. Passich machen«, blökte er, als sie das Band in die Nachbesserung brachten.

Bis zur Frühstückspause hatten sie drei Bänder in die Nachbesserung gebracht und Bill wunderte sich, dass die Werte nur auf Norberts Seite nicht stimmten. Er zweifelte an seiner Messtechnik.

Das Frühstück holte sich Bill wieder aus der Kantine, als er zurückkam, empfing Norbert ihn mit düsterem Blick.

»Jetzt dürfen die Spitzbuben im Knast sogar eine Ausbildung machen. Die werden noch dafür belohnt, dass sie nur Unfug im Kopf haben. Und wer zahlt das alles?«

Bill hoffte, dass das eine rhetorische Frage war.

»Und wer zahlt das?«, fragte Norbert abermals und Bill begriff, dass es kein Monolog war und die Frage ihm galt.

»Wir«, sagte Bill in der Hoffnung, das Gespräch mit diesem Zugeständnis zu beenden.

»Die haben alle ein Einzelzimmer mit Fernseher und abends können die noch Sport machen. Hier …«, er tippte mehrmals mit dem Finger auf ein Bild in der Zeitung, »eine Sporthalle, ausgerüstet mit den neuesten Sportgeräten. Guck's dir an. Die leben wie Gott in Frankreich. Und wer bezahlt das?«

Bill antwortete nicht. Er war es leid, auch nur irgendetwas zu den zwieträchtigen Äußerungen zu sagen.

»Der kleine Mann«, beantwortete Norbert seine Frage selbst und wetterte weiter. »Ich bin dreißig Jahre am Arbeiten und glaub mal nicht, dass ich irgendetwas geschenkt bekommen habe. Im Gegenteil, jetzt sind wir schon bei der Hälfte Steuern. Und glaub mir, das wird noch schlimmer werden.« Er untersuchte seinen Messschieber und wischte mit dem Daumen darüber. »Interessiert dich das gar nicht? Die Hälfte ist weg. Kriegt Vater Staat.«

Bisher war es okay, dachte Bill, da hat er nur rumgemeckert. Da konnte man amüsiert zuhören und die Zeit verging wenigstens. Aber jetzt will er Antworten. Er drängt sogar darauf, dachte er. Und das ließ ihn unruhig werden.

»Liest du denn keine Zeitung?«, raunzte Norbert verständnislos. »Nächstes Jahr soll der Soli wieder eingeführt werden, da kommt noch was auf uns zu.«

»JA, DIESE BIENE, DIE ICH MEINE, NENNT SICH MAJA, MAJA, MAJA, MAAAJAAAAA.«

Bill sah Rafael singend erhobenen Hauptes an den Kartonagen entlang schreiten. Er hatte eine Thermoskanne in der Hand, doch er bewegte sich, als wäre er mit einem goldenen Tablett auf dem Weg zum Kapitänsdinner.

»Kommt ihr mit in die Kantine?«, fragte er. »Heute ist Asia-Tag.«

»Nee, das Chinazeug vertrage ich nicht«, wiegelte Norbert ab und legte den Messschieber kopfschüttelnd beiseite. Bill schloss sich Rafael an.

»Es lebe der Montag, kulinarisch jedenfalls«, freute sich Rafael, als sie am Verkaufstresen standen. »Garnelen in Kokosmilch, da kann man schon mal vergessen, dass die Woche erst angefangen hat«, sagte er zu Frau Chang und gab ihr einen imaginären Handkuss. Mit einem Tablett und dem asiatischen Gericht ausgestattet, setzten sie sich zu den Kollegen.

»Na, Schulz, hast du heute wieder ein kaltes Schnitzel mitgekriegt?«, fragte Rafael amüsiert, als er sah, dass Schulz eine Frischhaltedose mit Resten panierter Krümel vor sich stehen hatte.

»Wer ordentlich arbeitet, muss auch ordentlich essen«, erwiderte Schulz.

Während sie aßen, erzählte Bill von den fehlerhaften Bändern.

Rafael grinste. »Der will nur Staub aufwirbeln, der regt sich gerne mal auf. Und wenn's nichts gibt, dann sucht er sich was.«

»Wie, dann sucht er sich was?«, fragte Bill.

»So wie ich es gesagt habe.«

Die Kollegen lachten und Schulz fragte, ob er Bill noch nicht aufgeklärt habe.

»Worüber nicht aufgeklärt?«, fragte Bill und sah Rafael herausfordernd an.

»Norbert findet Fehler, wo gar keine sind. War das deutlich genug? Die Bänder werden vom Schäfer noch mal nachgemessen und gehen dann raus.«

»Warum hast du mir das nicht gesagt?«, fragte Bill empört.

»Was hätte das gebracht?«

»Dass ich's wenigstens gewusst hätte«, erwiderte Bill genervt. »Warum macht ihr den Scheiß eigentlich mit?«

»Was meinst du, was es früher immer für 'n Theater gab, wenn Norbert mit den Bändern in der Nachbesserung war. Wenn der Kollege ihm sagte, dass das Band doch in Ordnung sei, kam er immer mit seinem Augenscheiß und Diskriminierung und diesen dreißig Prozent.«

»Dreißig Prozent?«

»Dreißig Prozent behindert. Wegen des Auges.«

»Weiß Hoffmann davon?«, fragte Bill. »Dass Norbert sehr eigenwillig arbeitet?«

»Der weiß das auch«, sagte Rafael. Er hatte seinen Teller ausgekratzt und gab mit einem Nicken das Zeichen zum Aufbruch. »So müssen sie nicht die Ausgleichsabgabe ans Integrationsamt bezahlen. Und das ist auch gut so. Wenn Norbert zu Hause bleiben müsste, würde der durchdrehen.«

»Hab ich recht?«

»Wie?«, fragte Bill.

»Der mit dem Bart, der Scharping. Der wird das nie. Hab ich recht?«

»Natürlich«, sagte Bill erst einmal, weil er nicht zugehört hatte.

»Die hätten den Schröder nehmen sollen. Außerdem will Scharping den Soli wieder. Ist das gerecht?«

Bill war wieder auf der Höhe des Geschehens, wusste aber nicht, was er antworten sollte, und entschied, dass es wohl erst einmal darum gehen musste, dass hier Ruhe herrschte. Also sollte er dem Einäugigen besser recht geben, allerdings kannte er sich mit dem Soli nicht aus und wusste auch nicht so genau, was der Einäugige hören wollte.

»Natürlich nicht«, sagte Bill und hoffte, damit das Gespräch zu beschließen.

»Siehst du.« Der Einäugige klang erleichtert und schrieb das Protokoll zu Ende.

»Guck dir die an, da kommt die Konfirmandengruppe«, wieherte der Einäugige, nachdem sie wieder einmal ein Förderband in die Nachbesserung gebracht hatten.

Johnny, der Ausbilder der Industriemechanik, kam mit den Auszubildenden in die Halle und sie trotteten im Gänsemarsch zu einer Produktionsstraße, die abseits der Arbeitsplätze aufgebaut war. Bill wusste von Rafael, dass diese Straße hauptsächlich Präsentationszwecken diente und schon so mancher Geschäftsabschluss an diesem Lebensmitteltransportband vollendet wurde, während edelste Pralinen und teures Gebäck in einer Endlosschleife darauf Karussell fuhren.

»Wie viel?«, fragte der Einäugige ungeduldig.

»Neun Komma fünf drei«, sagte Bill, während er Johnny und die Auszubildenden beobachtete. Oder waren es drei fünf?, überlegte er. Er war von den Geschehnissen an der Produktionsstraße zu abgelenkt und sich einfach nicht mehr sicher.

»Falsch. Neun drei fünf, miss noch mal nach.«

»Messfehler«, korrigierte sich Bill. »Drei fünf. Neun drei fünf.«

»Endlich mal ein Band, das stimmt«, sagte der Einäugige voller Genugtuung. »Endlich mal wieder.«

Endlich mal wieder, dachte auch Bill, während sie das Band aufrollten. Aus den Augenwinkeln sah er, wie Johnny eine Tüte Kekse öffnete und das Spritzgebäck auf das laufende Förderband legte. Dann schien er den Auszubildenden etwas zu referieren.

Sie brachten das Band in die Montage und der Einäugige schien mit sich, der Fabrik und dem Leben im Reinen zu sein. Sie stemmten das nächste Band auf den Werktisch und Bill gab absichtlich einen falschen Wert an. Einfach nur, um zu sehen, was passiert.

»Wie viel?«

Bill wiederholte den falschen Wert.

»Nee. Zehn achtundvierzig. Lass mal sehen.«

Norbert kam auf die andere Seite und maß die Markierungen kopfschüttelnd nach.

»Zehn siebenundvierzig. Ist in der Toleranz, du musst nur richtig messen. Bei mir stimmt's.«

»Tut mir leid, der Messschieber ist abgerutscht.«

Er will nur recht behalten, dachte Bill triumphierend. Der Einäugige will nur recht behalten. Und das letzte Wort. Das sollte ihm recht sein.

Nachdem sie das Förderband in die Montage gebracht hatten, kam Herr Hoffmann langsam in den Bereich der Endkontrolle geschlendert. Als er bei ihnen angekommen war, erkundigte er sich, wie es denn so laufe. Der Einäugige beschwerte sich, dass viele Bänder nicht innerhalb der Toleranzgrenzen seien. Herr Hoffmann klopfte ihm auf die Schulter und sagte, dass es gut sei, dass das wer merke, und dass er darüber mal mit Herrn Quast von der Qualitätssicherung sprechen werde.

Kurz vor Feierabend fegte Norbert die Abteilung durch. Bill räumte das Werkzeug in die Schublade und kehrte den zusammengefegten Schmutz auf. Sichtlich erleichtert verließen die Auszubildenden die Halle. Norbert setzte sich an den Pausentisch und las in der Zeitung. Bill wünschte ihm einen schönen Feierabend und schloss sich der Massenflucht an.

10

Die Krähen hockten in den Baumkronen und starrten blöd durch das Fenster. Er hatte gerade den Telefonhörer aufgelegt und klopfte gehässig gegen die Scheibe, doch die Krähen störte das nicht. Sie starrten weiterhin blöd zu ihm herüber.

Er griff nach seiner Jacke und machte sich zu einem Spaziergang auf. Draußen traf er auf die Tristesse des Sonntagnachmittags. Eltern schleiften ihre mauligen Kinder zu einem Schaufensterbummel mit. Sonntagsspaziergänger vertrieben sich die Zeit bis zu Kaffee und Kuchen. Selbst im Hauptbahnhof, durch den er gerade ging, waren kaum Zugreisende unterwegs, sodass man ein Markstück hätte fallen hören können.

Er hatte die Innenstadt erreicht. In der Fußgängerzone spielten Straßenmusikanten. Vor einem Schaufenster, hinter dem Lederwaren und Accessoires lagen, blieb er stehen und starrte in sein Spiegelbild.

Er hätte das Gespräch nicht so schnell beenden sollen. Aber er hatte sich überrumpelt und überfordert gefühlt. Als das Telefon geklingelt hatte, war er davon ausgegangen, dass es seine Mutter war, die sich sonntags in unregelmäßigen Abständen bei ihm meldete.

Aber es war Katja gewesen. Sie hatte ihm mitgeteilt, dass sie dabei sei, sich in verschiedenen Städten für ein Fotodesignstudium zu bewerben, und dass sie in einem Monat ein Vorstellungsgespräch in Hannover habe.

Es war ein Lichtblick in der momentanen Situation, in der er nur so dahinlebte und sogar die Wochenenden nichts Spektakuläres boten, außer die nötige Zeit, sich von der Arbeitswoche zu erholen. Die Abende waren kurz und die Tage waren lang. Der Gedanke an Katja wirkte wie eine Droge, die ihm die Fremdheit der Fabrikarbeit erträglich und die Welt schöner machte. Sie hatte gefragt, ob sie in der ersten Augustwoche bei ihm übernachten könne, sie würde von Donnerstag bis Sonntag bleiben. Sie hatte in diesem Zusammenhang das Wort ›Kurzurlaub‹ benutzt und er hatte ihr vorsichtshalber noch einmal seine Adresse durchgegeben und ihr mehrfach versichert, dass er sich freue und ein wirklich formidables Frühstück, quasi als Wiedergutmachung, bereiten werde. Dann war der Gesprächsfluss ins Stocken geraten. Um nicht den Anschein zu erwecken, dass er nichts zu sagen hätte, hatte er die Verabschiedung eingeleitet. Jetzt gingen ihm tausend Dinge durch den Kopf, die er ihr hätte sagen können.

Er sah sich im Schaufenster mahnend an und versuchte, sein Ungeschick zu verdrängen. Die Straßenmusikanten stimmten ›Que Sera, Sera‹ an. Er schmiss zwei Mark in den Gitarrenkoffer und ging zum Marktplatz. Dort sah er sich das alte Tanzcafé an, von dem Rafael erzählt hatte. Es befand sich in der ersten Etage eines weiß verzierten Gründerzeithauses. Über drei Erkerfenstern stand in geschwungener Schrift ›Tanzcafé Sehnsucht‹ und am Eingang hing ein großes Pappschild mit der Aufschrift: ›Das Kulinarische Café. Neueröffnung im August‹.

Sonntage haben etwas Trauriges, dachte er, sie sind nicht leichtfertig zu genießen. Sie haben etwas Schweres, etwas Argwöhnisches, bevor die Arbeitswoche wieder beginnt. Er musste morgen früh um 5.00 Uhr aufstehen, dann begannen fünf Tage, die unwirklich schienen. Seine Jacke hatte bereits diesen muffigen Spindgeruch angenommen.

Letzten Sonntag, als Kasche gefahren war, hatte ihn das Gefühl überkommen, das wirkliche Leben würde wieder für fünf Tage aussetzen. Doch heute hatte er noch nicht einmal das Gefühl, denn er hatte das Wochenende nur rumgemurkst. Nun trottete er verloren in der Stadt umher und hatte keine Idee, was er mit dem Rest des Sonntags anfangen sollte.

Inzwischen hatte er die Einkaufsmeile seines Stadtteils erreicht. An der Ecke hinter dem Kiosk stand wie jeden Tag eine Handvoll Leute mit Bierflaschen in der Hand und unterhielten sich lautstark. Über ihnen hatte jemand mit einer Spraydose ›Wer saufen kann, kann auch arbeiten‹ an die Mauer geschrieben. Sogar sonntags standen sie hier, tranken und scherten sich nicht um den Spruch. Am nächsten Tag würden sie ebenfalls hier stehen und vielleicht würden sie ihm auffallen, wenn er von der Arbeit käme, und er würde ihre Widerspenstigkeit bewundern.

Hinter der Glasscheibe eines Sonnenstudios sah er eine braun gebrannte Frau, die am Verkaufstresen lehnte, in einer Zeitschrift blätterte und eine Zigarette paffte. So sind Sonntage, dachte er, ohne genau zu wissen, was er damit meinte. Als er noch bei seinen Eltern gewohnt hatte, hatte es sonntags immer leckeres Mittagessen gegeben, für das es sich lohnte, trotz Kater aufzustehen. Braten, Schnitzel oder Rouladen. Dazu Kartoffeln, Gemüse und Soße. Als er jetzt daran dachte, bekam er Appetit auf ein richtiges Mittagessen. Er ging in den Cizek-Grill und bestellte einen Döner-teller mit Pommes.

Zurück in seiner Wohnung, ging er zum Fenster und sah auf die gegenüberliegenden Bäume. Es hockten immer noch Krähen auf den Ästen und sahen ihn an, als erwarteten sie eine Reaktion. Er streckte ruckartig seine Arme aus und sprang einen Schritt nach vorne, um sie zu erschrecken. Es beeindruckte die Krähen kein bisschen. Er schaltete das Radio ein, schmiss sich rücklings auf die Matratze und schloss die Augen. Es lief ein Magazin über die Geschichte der Pommes frites. Er erfuhr, dass Einwohner, die an der Maas siedelten, vor zweihundert Jahren ihre Kartoffeln in Fischform geschnitzt und paniert hätten, wenn der Fluss gefroren und kein Fischfang möglich gewesen sei. Und dass bei richtiger Zubereitung das Kartoffelprodukt nicht annähernd so fetthaltig sei, wie häufig angenommen werde. Das sollte er Norbert mal um die Ohren hauen, wenn der wieder mit seinen dummen Sprüchen anfing.

Es folgte eine Wiederholung der Literatursendung, die Bill heute früh schon gehört hatte, daher drehte er am Regler, bis er einen Sender aus Fulda fand. Die Pupille des Magischen Auges starrte ihn an, die fluoreszierende Schicht leuchtete grün und bestätigte den einwandfreien Empfang. Es lief Radiomusik. Er machte es sich auf seiner Matratze bequem, dachte an Katja und holte sich einen runter.

11

»Die gute deutsche Wertarbeit, von wegen«, fluchte der einäugige Norbert. »Die gehn doch alle in den Osten. Und das haben wir davon. Muss alles nachgebessert werden.«

Sie kamen aus der Nachbesserung, wo sie ein fehlerhaftes Band abgeliefert hatten. Es war das letzte Band gewesen, das Bill heute kontrolliert hatte. Und nicht nur heute. Für immer. Wahrscheinlich jedenfalls.

»Jaja, geht alles den Bach runter«, bestätigte Bill. Er schimpfte mittlerweile mit, weil er fand, dass dadurch die Zeit ganz gut verging. Wenn die Werte in der Toleranz waren, und das war der Regelfall, gab Bill häufig einen falschen Wert an, weil er wusste, dass Norbert dann ruhiger wurde und nicht so viel schimpfte. Auf die Polen, auf Gott und auf die Welt. Ihm gefiel, dass die Kollegen Norbert so mitschleiften, schließlich war er ja nicht bösartig, nur etwas spleenig.

Als sie an ihrem Arbeitsplatz ankamen, war Günther gerade dabei, den Werktisch mit Pappgeschirr einzudecken. Mitten auf dem Tisch standen ein Eimer Kartoffelsalat und eine Flasche Ketchup. Vor dem Eingang der Werkhalle, an den sich der Parkplatz anschloss, hatte Rafael den Grill fest in seiner Hand. Er legte die ersten Bratwürste auf den Rost und pfiff einen Chanson vor sich hin.

Rafael hatte vorgeschlagen, einen ordentlichen Ausstand zu feiern, so wie es sich gehörte. Er würde dafür Geld sammeln, hatte er gesagt, ein bisschen Abwechslung könne nicht schaden. Was das Essen betreffe, komme nur Gegrilltes infrage. Nur damit könne man die Kollegen kulinarisch erreichen, hatte er gesagt und spöttisch gegrinst.

Jetzt betrat er die Werkhalle mit einem riesigen Teller, auf dem sich die Bratwürste stapelten, und rief zum Essen. Die Fließbandfabrikarbeiter aus der Abteilung kamen an den Werktisch und freuten sich über die kräftige Kost.

»Guck mal, da kommt der schlaue Johnny«, wetterte Norbert. »Wieder nichts zu tun?«

Johnny überhörte die Frage und fischte sich eine Bratwurst vom Teller. Er setzte sich zu Bill und fragte ihn, ob er schon mal mit dem Gedanken gespielt habe, bei Zenneting eine Ausbildung zum Industriemechaniker zu beginnen.

»Mal sehen«, erwiderte Bill. »Ich mach ja was.«

»Aber hier lernst du was Anständiges«, versuchte Johnny ihn zu überzeugen.

Wahrscheinlich hatte er recht. Eine Berufsausbildung hatte etwas Beweiskräftiges. Da hatte man etwas in der Hand. In drei Monaten war das Praktikum beim Radio zu Ende und dann würde er irgendetwas machen müssen. Sich für irgendetwas entscheiden.

»Überleg es dir. Ich würde auch ein gutes Wort für dich einlegen.«

»Ja, mach ich«, sagte Bill, um Johnnys Empfehlung höflich zu erwidern und sich alle Chancen offen zu halten.

Kurz vor Feierabend kam Herr Hoffmann zu ihnen und tat überrascht, obwohl sie ihn vor ein paar Tagen über den Ausstand informiert hatten. Er setzte sich und wurde vertraulich. »Meine beiden Söhne studieren auch und jobben hier in den Ferien.«

Bill hörte im Hintergrund den einäugigen Norbert, der etwas von Pommes und Fritz flüsterte, und musste sich zusammenreißen, nicht vollkommen albern loszuprusten.

»Radio!«

»Was?«, fragte Herr Hoffmann.

»Ich mach ein Praktikum beim Radio, ich bin kein Student.«

»Ach ja«, sagte Herr Hoffmann und stand auf. Er verabschiedete sich von Bill und schaute auf seine Untergebenen, die wie auf einem Kindergeburtstag am gedeckten Tisch saßen. »Eigentlich geht das ja nicht, aber falls die andern Kollegen fragen, das hier geht auf meine Kappe.« Er klopfte mit der Faust zweimal auf den Werktisch und nahm Kurs auf seinen Schreibtisch.

»Alle verrückt hier«, raunzte Norbert. »Guckt mal, da«, er zeigte auf den Parkplatz, auf dem Rafael einhändig Liegestütze machte. »Ein komischer Vogel, der Schwarz.«

»Der macht einfach das Beste draus«, sagte Günther. »Der weiß schon, worum es geht.«

»Hauptsache, die Würstchen brennen nicht an«, bemerkte Johnny.

»Der weiß das schon«, wiederholte sich Günther. »Der gibt hier Vollgas. Weil's dann schneller vorbei ist.«

»Aber ein bisschen verrückt ist der schon«, murmelte Norbert.

Pünktlich zum Feierabend war der Werktisch abgedeckt, der Grill im Gebüsch verstaut und die Abteilung durchgefegt. Bill verabschiedete sich etwas wehmütig von den Kollegen.

»Alles Gute für die Zukunft«, wünschte ihm Norbert und hob kurz seinen Blick von der Zeitung.

»Der ist morgen früh schon wieder der Erste hier«, stichelte Rafael.

»Dann muss ich die Alte morgens nicht so lange ertragen«, wieherte er, als wäre das der Witz des Tages.

Bill warf einen Blick in Norberts Zeitung. Sonja, das Seite-Eins-Girl des Tages, wollte Mathematik studieren und leckte lasziv am Radiergummiaufsatz ihres Bleistifts. Bill fragte sich, wann der Ernst des Lebens auf ihn zukäme.

»Und? Hat sich deine Kleine gemeldet?«, fragte Rafael. Bill hatte ihm von dem Techtelmechtel mit Katja erzählt.

»Letzten Sonntag«, sagte er, während er sich die Sicherheitsschuhe auszog.

»Und?«

»Kommt Anfang August. Hat hier 'n Eignungstest.« Bill nahm seine Straßenschuhe aus dem Spind und zog sie an. »Was passiert mit den Schuhen?«

»Die kannst du mit nach Hause nehmen«, sagte Rafael und lachte. »Die braucht hier keiner mehr.«

Nachdem Bill die Sicherheitsschuhe in seinem Rucksack verstaut hatte, gingen sie den Flur entlang zur Stechuhr. Es roch nach frisch gebohnertem Linoleum. Wie jeden Freitagnachmittag. Sie stempelten aus. Rafael nahm ihn mit dem Auto ein Stück mit und ließ ihn an der U-Bahn-Haltestelle raus.

»Halt die Ohren steif«, sagte er und gab Bill die Hand.

»Danke noch mal«, sagte Bill, weil er sonst nicht wusste, was er sagen sollte. Es war wie der letzte Tag im Zeltlager. Gerade hatte man sich kennengelernt, schon war es vorbei.

Und man wusste nicht so recht, was man davon halten sollte. Nur eines war klar: Nach dem Zeltlager begann die Schule wieder. Und ein bisschen fühlte es sich auch so an.

»Übrigens«, sagte Rafael und klopfte Bill auf die Schulter. »Fröhlichen Geschlechtsverkehr dann!«

Er fuhr davon und Bill ging die Treppe hinunter zur U-Bahn-Station und hoffte insgeheim, dass Rafael recht behalten würde.

12

Die Wochen vergingen, ohne dass viel passierte. Das Praktikum plätscherte so vor sich hin und Bill tröstete sich mit Gedichtbänden von Bukowski über die triste Zeit hinweg. Ansonsten waren seine Gedanken bei Katja.

Nachts, wenn er nicht einschlafen konnte, dachte er manchmal an die Zukunft. Die lag wie ein großes Nichts vor ihm. Er konnte sich nicht vorstellen, wie er später sein würde, und er wusste nicht, wie er sein wollte. Er wusste nur, dass er nicht wie seine Eltern werden wollte. Sein Vater war Prokurist in einer kleinen Elektrogeräte-Firma und schien nur dafür zu arbeiten, dass es seiner Familie gut ging. Einmal im Jahr in den Urlaub fahren und sich immer korrekt verhalten, damit es kein Gerede gab. Das war ihm am wichtigsten. Seine Mutter, halbtags in einem Büro, putzte täglich, obwohl rein äußerlich kein Schmutz zu erkennen war. Zufriedenheit schien sie allein durch Pflichterfüllung zu erlangen.

Aber auch die Fabrikarbeiter waren ihm suspekt. Sie waren derber als seine Eltern. Er fragte sich, ob sie sich zu Hause genauso gaben oder ob die Fabrik der Ort war, an dem sie sich gehen lassen konnten.

Bill hatte sehnsüchtig auf den heutigen Tag gewartet. Er stellte das trockene Geschirr in die Schränke. Katja sollte keinen allzu schlechten Eindruck von seiner Wohnung bekommen. Er duschte und stand kurz darauf frisch angekleidet vor dem Badezimmerspiegel und sprühte sich umständlich Deodorant unter seine Achseln. Dann ging er zum Hauptbahnhof. Der Intercity sollte um 19.43 Uhr ankommen. Als er zum Bahnsteig hochging, fuhr der Zug gerade ein. Nachdem das Quietschen der Stahlräder verstummt war, öffneten sich die Türen und jede Menge Reisende stiegen aus. Bill observierte systematisch der Länge nach die Zugtüren. Als sich die kleinen Menschentrauben aufgelöst hatten, sah er ganz hinten eine blonde Frau, die einen Rucksack trug, eine große Tüte in der Hand hielt und sich auffällig umschaute. Er ging zu ihr, hob den Arm, doch sie reagierte nicht. Nach der Hälfte des Weges erkannte sie ihn und kam ihm entgegen.

Er hatte lange auf diesen Moment gewartet und überlegte, ob er sie umarmen sollte. Nein, er würde erst einmal abwarten, wie sie reagierte, gleich Umarmen hatte etwas Überschwängliches, das der Situation vielleicht nicht gerecht wurde.

»Hallo, Bill«, sagte sie, stellte die Tüte auf den Boden und nahm ihm die Entscheidung ab.

Er roch ihre Haare, die an seiner Wange entlangstrichen und ihn kaum merklich kitzelten. Sie dufteten nach Shampoo und er genoss die flüchtige Berührung.

Sie gingen durch den Hauptbahnhof Richtung Raschplatz. Die Punks saßen wie immer am Ausgang und sprachen die Leute wegen Kleingeld an. Irgendwie war mehr los als sonst. Am Wochenende waren die Chaostage, fiel ihm ein, das war ein großes Thema in den Redaktionen. Es wurden hunderte Punks aus ganz Deutschland erwartet. Bill wollte am liebsten gar nichts damit zu tun haben. Er hatte geplant, mit Katja an die Kiesteiche zu fahren, da war er noch nicht gewesen. Wäre Sebastian nicht in Norwegen, hätte er sich ihm und seinen Kommilitonen schon früher angeschlossen und wäre mal hingefahren, aber so. Die Vorstellung, alleine am Kiesteich zu sitzen und all den halb nackten Menschen beim Spaßhaben zuzusehen, war deprimierend.

Momentan war er aber alles andere als deprimiert. Katja ging neben ihm, alles war gut und er war bester Dinge, als sie die kleine Einkaufsstraße hinuntergingen und in eine Nebenstraße einbogen.

Im dritten Geschoss des Altbaus angekommen, schloss er die Wohnungstür auf und Katja blickte neugierig in die Einzimmerwohnung.

»Komm rein, aber erwarte nicht zu viel. Das Zimmer ist quasi die Wohnung«, scherzte er. »Hier ist der Weg das Ziel!«

Katja legte ihren Rucksack ab und setzte sich auf einen Stuhl. »Ich bin ziemlich kaputt«, sagte sie, »ich hab gestern noch Nachtdienst gehabt und echt nicht viel geschlafen.«

Bill nickte ihr verständnisvoll zu. »Willst du Kaffee?«

»Ja, Kaffee ist immer gut«, erwiderte Katja erfreut.

Bill ging in die Kochnische und schaltete den Wasserkocher ein. Er steckte den Filteraufsatz auf die Thermoskanne und wartete, dass das Wasser heiß wurde. »Wie lange geht das denn morgen?«

»Bis sechs«, erwiderte Katja, während sie die Tasche auspackte.

»Wir könnten übermorgen an den Badesee«, schlug Bill vor, während er zwei Tassen aus dem Regal nahm.

»Können wir machen. Ich hab den Badeanzug mitgenommen.« Sie hielt ihn als Beweis wedelnd in der Hand.

»Ja, das ist gut«, sagte er, während er den Kaffee aufgoss.

Katja nahm Platz und Bill stellte ihr eine Tasse auf den Esstisch. Er setzte sich zu ihr und dachte, dass sich gleich alles ergeben würde, gleich würde irgendwer anfangen zu reden, der andere würde darauf reagieren und es würde eine Spitzenunterhaltung folgen, so eine, auf die die Welt gewartet hatte.

»Das schmeckt richtig gut, nur so mit Filter aufgebrüht«, begann sie, als es schellte.

Wer sollte das sein? Für den Briefträger war es zu spät. Richard, dachte er, weil es sonst eigentlich niemand anders sein konnte. Sebastian war noch in Norwegen. Außer den beiden kannte er niemanden hier, zumindest keinen, der ihn einfach mal so besuchen würde.

Nach dem dritten Klingeln stand er auf, machte eine unwissende Geste und drückte den Türöffner. Er ging ins Treppenhaus, sah den Schacht hinunter und erkannte mehrere Leute die Treppe hocheilen. Als sie in der dritten Etage angekommen waren, blieb ihm die Spucke weg. Heiko stand vor ihm, daneben noch zwei weitere Leute. Sie hatten Rucksäcke mit angebundenen Isomatten auf dem Rücken.

»Was machst du denn hier?«, fragte Bill entgeistert.

»Hat Kasche nichts erzählt? Ich dachte, der wär hier gewesen?«, polterte Heiko, nachdem er Bill mit einem Shakehands begrüßt hatte.

»Ja. Kasche war hier. Aber der hat sich angemeldet!«, erwiderte Bill gereizt. »Und er hat gesagt, dass du dich melden wolltest!«

»Ist was dazwischengekommen. War alles ein ziemliches Durcheinander. Die Bullen haben uns letzte Woche die

Zelte gezockt. Wir haben bei so 'ner Ankettaktion mitgemacht. Gleise besetzen und so.«

Heiko zeigte auf seine Gefährten, die auch gleich eintraten. »Das sind Holger und Jörg.«

Bill nickte ihnen zu und sah, wie sie ihre großen Rucksäcke ablegten. »Aber gepennt wird hier nicht, hörst du.«

Katja begrüßte die Leute flüchtig und wandte sich wieder ihrer Tasse zu.

»Nur heute Nacht. Ab morgen haben wir was«, drängte Heiko.

»Ich hab schon Besuch, der bei mir übernachtet«, er drehte sich zu Katja, ohne sie vorzustellen, und fügte noch ein »Und der ist mir auch wesentlich lieber als ihr« hinzu.

»Hey, Alter, was soll das? Ist nur für heute.«

Bill sah die Truppe überfordert an.

»Falk kommt erst morgen Abend mit dem LT«, erklärte Heiko.

»Wer ist denn Falk nun wieder?«

»Der ist auch mit im Bündnis«, blökte einer der Gefährten, der sich kurz darauf als Holger vorstellte.

Heiko klopfte Bill auf die Schulter. »Falk muss morgen noch arbeiten und kommt dann mit dem Lieferwagen der Klinik. Da pennen wir drin.«

Katja nippte an der Tasse und beobachtete schweigend das Geschehen.

Bill setzte sich und versuchte die Situation einzuordnen. »Macht ihr jetzt auf Demotourismus? Jeden Tag eine neue Demo, oder was?«

»Das ist schon wichtig«, argumentierte Heiko wortführerisch. »Einmischung von unten und so.«

»Politische Teilhabe!«, rief der andere Typ, der folglich Jörg sein musste.

»Neunundachtzig! Hat das Volk demonstriert, oder was? Oder nicht?«, mischte sich Heiko wieder ein.

»Soviel ich weiß, war das aber eine Diktatur. *Oder was? Oder nicht?*«, äffte er Heiko nach.

Der ließ einen langen Rülpser raus.

»Haste was gesagt?«, fragte Bill mittlerweile wütend.

»Hab nur laut gedacht«, grölte Heiko und seine Gefährten stimmten ihm mit Gelächter zu.

»Wir leben hier in einer Demokratie, so mit Volksvertretern und so«, sagte Bill, um das dämliche Lachen zu unterbinden. »Hast du das verstanden? Und wenn *ich* gleich anfange, laut zu denken, dann klingt das aber ganz anders.«

Heiko grinste und schüttelte den Kopf.

»Was wollt ihr da eigentlich?«, empörte sich Bill. »Ihr seid doch gar keine Punks! Das ist doch der letzte, aber auch wirklich der allerletzte Unsinn!«

»Es geht doch einfach nur um dieses Diskriminierungsding. Dass die Bullen eine Punkerdatei anlegen wollten. Das ist doch Diskriminierung, oder was?«, argumentierte Heiko. »Alle unter Generalverdacht und so.« Er tippte mit dem Zeigefinger gegen seine Stirn.

»Soweit ich weiß, ist das über zehn Jahre her«, zog Bill seinen einzigen Trumpf, den er in den vergangenen Tagen beim Radiosender zugesteckt bekommen hatte, aus dem Ärmel des Halbwissens.

»Wir sind gegen Diskriminierung einzelner Gruppen. Und gegen Faschos sowieso!«, triumphierte Holger und Bill hatte keine Lust mehr, auf diese aktionistischen Phrasen einzugehen.

Er sollte sie auf der Stelle rauswerfen. Letztendlich waren er und Heiko nur Bekannte, die die gleichen Freunde hatten. Scheiß auf die Kindheit. Er hatte mit Heiko schon lange nichts mehr am Hut. Er wusste noch nicht einmal, ob er mit dem Zivildienst schon fertig war. Und nun hatte Heiko nichts Besseres zu tun, als mit diesen Leuten hier aufzukreuzen und alles durcheinanderzubringen.

Er fand, dass dringend etwas passieren musste. Er wollte kein Unmensch sein, gerade in Anwesenheit von Katja. Wer weiß, wie sie das hier alles wahrnahm. Er wollte nur, dass die Leute schleunigst verschwanden. Er kramte den Zweitschlüssel seiner Wohnung aus der Schublade seiner Kommode und gab ihn Heiko mit der knappen Aussage, dass sie nun gehen sollten. Dann öffnete er die Wohnungstür einen Spalt und blieb ungeduldig davor stehen, bis Heiko und seine Gefährten die Wohnung verlassen hatten.

»Tja«, sagte er, »das war Heiko!«

Bill nahm Katjas Tasse und stellte sie in die Spüle. Er fragte, wie es Theo gehe, während er aus den Augenwinkeln sehen konnte, dass sie sich ihre Haare zusammenband.

»Hat sich bei der Bahn beworben. Hab ihn seit ein paar Wochen nicht gesehen. Das Eastside gibt's übrigens nicht mehr.«

»Echt? Warum das denn?«

»Weiß nicht so genau. Man munkelt wegen Lärmschutz und so. Außerdem gehn jetzt alle in diesen Proll-Laden, da wo ihr versumpft seid.« Sie lächelte ihn an. »Volker hat das Eastside aufgegeben und ist da raus. Und die anderen sehe ich auch nicht mehr. Irgendwie bricht da was weg.«

Bill nickte. Außer Kasche vermisste er keinen aus Knesebeck. Irgendwie bricht da auch was weg, dachte er. Etwas, was man nicht mehr braucht und abwirft. Wie die Blindschleiche ihren Schwanz.

Ihr Blick wirkte, als hätte sie seine Gedanken gelesen und ihnen entschlossen zugestimmt. »Das ist auch der

Grund, warum ich's noch mal mit dem Studium versuche. Jetzt gibt's nichts mehr, für das es sich lohnt, zu bleiben. Aber nun bin ich erst mal hier. Scheiß auf die Nachtschicht.«

»Ja, scheiß drauf«, sagte Bill und sah sie konspirativ an. »Scheiß auf die Nachtschicht und scheiß auf den Schwanz der Blindschleiche!«

»Was soll das denn? Blindschleiche?«

»Keine Ahnung. Wegen der alten Bekannten und wegbrechen und so. Die Blindschleiche verliert ihren Schwanz bei Gefahr. Der bricht einfach ab.«

Katja ließ ihren Kopf nach hinten fallen und verharrte mit geschlossenen Augen in dieser Haltung. »Der hängt dir trotzdem noch nach. So leicht wirst du den nicht los.«

Da hat sie wahrscheinlich recht, dachte Bill. Heikos Auftauchen war das beste Beispiel. Die ganze dröge Knesebeck-Geschichte verfolgte ihn.

»Du wolltest mir noch die Mappe zeigen«, fiel Bill ein.

Katja rappelte sich auf und holte die Bewerbungsmappe. Auf dem Umschlag stand ›Licht und Schatten‹. Darunter befand sich ein Foto, auf dem er die Tankstelle erkannte. Die sechs Tanksäulen erstarrten im künstlichen Licht, das von der Überdachung strahlte. Das Licht aus dem Shop warf einen grünlichen Schimmer auf den schwarzen Asphalt. Darüber lag die tiefschwarze Nacht, hinter der nichts zu erkennen war.

Er blätterte die Mappe durch. Grobkörnige Schwarz-Weiß-Aufnahmen wechselten mit Farbfotos, auf denen unterschiedliche Lichtquellen zu sehen waren.

Währenddessen ging sie ins Badezimmer und als sie nach fünf Minuten im Nachthemd wieder herauskam, berührte sie mit ihrer Hand ganz leicht seine Schulter. Dann legte sie sich in sein Bett, als sei dies selbstverständlich. Sie stellte ihren Wecker und wünschte ihm eine gute Nacht. Mit ausgestreckten Gliedern lag sie auf der Matratze und war innerhalb weniger Minuten eingeschlafen.

Bill hörte ein Auto vorbeifahren. Ab morgen würde es ruhiger werden. Katja hatte ihr Bewerbungsgespräch und er würde sie nach der Arbeit in der Fachhochschule abholen. Dann war Wochenende.

Eine Stunde, nachdem Katja ins Bett gegangen war, legte er sich zu ihr. Draußen war es mittlerweile dunkel. Er wünschte ihr leise eine gute Nacht, obwohl er keine Antwort erwartete. Sie schnaubte und schüttelte sich im Schlaf. Bill lag auf dem Rücken, legte seinen Arm um Katjas Kopf und berührte mit seiner Hand ihr Haar. Er hoffte, dass Heiko und seine Krawallgefährten erst kämen, wenn er eingeschlafen war.

13

Bill hatte Katja zur Fachhochschule gebracht und war dann weiter zum Funkhaus gefahren. Er betrat den Haupteingang des Radiosenders und ging ins zweite Geschoss, in dem sich die Redaktionen der Niedersächsischen Welle befanden. Nach Durchqueren des Vorzimmers betrat er das Studio, in dem Mike gerade das Tagesgespräch moderierte. Bill nickte ihm durch die schalldichte Glaskabine zu und verließ den Raum durch den rückwärtigen Ausgang. Über einen schmalen Flur gelangte er zu Veronikas Büro. Er klopfte an und hörte ihre Stimme mit der Aufforderung, einzutreten.

Sie stand am Waschbecken und wartete, dass das Wasser im Durchlauferhitzer warm wurde. »Hier geht gerade alles drunter und drüber. Herr Brennhäuser war vor einer halben Stunde hier und sagte, dass du bei der Teambesprechung dabei sein sollst.«

Nachdem sie den Tee aufgebrüht hatte, ging sie mit der Tasse zum Schreibtisch und setzte sich.

»Franks Reha ist verlängert worden und Thomas hat sich heute krank gemeldet. Brennhäuser will, dass einer von uns einen Beitrag über die Chaostage macht. Kann sein, dass er dich fragen wird, ob du am Wochenende arbeiten könntest.«

»Danke für die Vorwarnung«, sagte Bill und setzte sich an den kleinen Tisch, der ihm während des Praktikums zugewiesen war. »Was liegt denn heute noch an?«, fragte er anstandshalber, obwohl er vermutete, dass Veronika ihn nur wieder die üblichen Hilfsjobs machen lassen würde.

»Ich habe so weit nichts, mach erst mal die Botentour und dann sehen wir uns um fünfzehn Uhr im Konferenzraum.«

Er ging ins Erdgeschoss, holte den Rollwagen und ging zur Sammelstelle, wo er die Post nach Etagen sortierte und auf den Wagen lud. Dann begann er im Erdgeschoss, die Post, die internen Mitteilungen und angefordertes Material zu verteilen. Nach etwas über zwei Stunden hatte er die Tour geschafft, ging in die Mittagspause und setzte in der Teeküche Kaffee auf.

Das Wasser tropfte langsam durch den Filter der Kaffeemaschine und Bill sackte auf dem Stuhl zusammen. Während er die Kanne beobachtete, die sich langsam mit Kaffee füllte, fragte er sich, wo Heiko war. Er und seine Gefährten waren heute früh nicht da gewesen. Nur der Zweitschlüssel hatte auf dem Tisch gelegen und verraten, dass sie in der Wohnung gewesen sein mussten. So viel Wirbel um nichts. Es sollte ihm egal sein, warum sie Hals über Kopf das Weite gesucht hatten. Heute früh jedenfalls hatten Katja und er ein opulentes Frühstück zu zweit gehabt. Eine Wiedergutmachung für das ausgefallene Frühstück in Fulda.

Mike kam in die Teeküche und ging zum Kühlschrank. Er holte einen Teller heraus und stellte ihn in die Mikrowelle.

»Ich muss heute bei der Besprechung dabei sein«, teilte Bill seinem Kollegen die Neuigkeiten mit.

»Jaja, der hohe Krankenstand. Da werden alle, die nicht bei drei auf den Bäumen sind, aus der Reserve geholt.« Mike grinste und ließ sich auf die Sitzbank fallen. »Wahrscheinlich wird mich Herr Brennhäuser auch fragen. Und weißt du was, ich könnte mir das sogar vorstellen. Hast du nicht auch Lust? Dafür kannst du einen anderen Tag zu Hause bleiben.«

»Katja ist das Wochenende über da«, sagte Bill und sah auf eine imaginäre Uhr an seinem Handgelenk, »und sie ist gerade in der Prüfung, wo hoffentlich ihre künstlerische Befähigung festgestellt wird.«

»Künstlerische Befähigung?«

»Kennst du dich damit aus?«

»Eine Freundin von früher wollte Bildhauerei studieren und ist an der künstlerischen Befähigung gescheitert.«

»Ist das so streng?«

»Na ja, da gibt es Bewertungskriterien wie bei jeder anderen Prüfung auch. Was auch okay ist, aber dann soll das einfach nur Eignungstest genannt werden und die Kunst soll da rausgehalten werden.« Mike lehnte sich zu Bill. »Denn Kunst hat nichts mit allgemeinen Bewertungen zu tun, nur mit individuellen. Und ich fand Brittas Steinskulpturen großartig, ich hab sogar eine im Wohnzimmer stehen.«

»Und, hat sie die Prüfung wiederholt?«

Mike schüttelte den Kopf.

»Katjas Mappe wurde auch schon mal abgelehnt.«

»Da wünsch ich ihr unbekannterweise viel Glück«, sagte er, »und wenn's nicht klappen sollte, sag ihr, dass das nichts mit der Qualität der Fotos zu tun hat.«

»Wie lange geht das denn morgen?«, fragte Bill.

»Ich denke, so vier Stunden.«

»Ich bin dabei. Mit Katja«, entschied Bill und goss sich Kaffee ein.

Das Signal der Mikrowelle ertönte und Mike holte den Teller heraus. Er begann sein Nudelgericht zu essen und fragte Bill währenddessen, ob er sich vorstellen könne, sich an der Produktion des Beitrags zu beteiligen.

Brennhäuser, der Redaktionsleiter, brütete mit einer Tasse Kaffee über dem Programmplan und strich sich mit dem Zeigefinger durch den Schnurrbart. Nach ein paar einleitenden Worten bedankte er sich bei den Redakteuren für das Engagement, das sie aufbrachten, dann kam er recht schnell auf den akuten Krankenstand in den Redaktionen zu sprechen.

»Also, ich will es kurz machen. Morgen fangen ja bekanntlich die Chaostage an. Die können wir nicht ignorieren, und eigentlich wollte das Thomas mit einem Externen machen, aber Thomas ist krank und den Kabelhelfer erreich ich nicht. Also, ich brauche für morgen dringend Ersatz.«

Brennhäuser ließ seinen Blick durch die Runde gleiten. Veronika blickte starr auf ihren Terminkalender. Nadines Blick konzentrierte sich auf ihre Hände, während sie den Radiergummiaufsatz ihres Stiftes monoton gegen ihre Vorderzähne stieß. Ralf, der Moderator des Wissenschaftsmagazins, versuchte, nicht aufzufallen, wobei er sich auffällig oft räusperte und die Aufmerksamkeit der Kollegen auf sich zog.

»Ich würde das machen«, sagte Mike.

»Das ist schön«, sagte Brennhäuser erleichtert. »Einen kurzen Beitrag. Einschätzungen, Meinungen, Bewertungen. Wir bräuchten allerdings noch einen Helfer zum Tragen. Ich könnte mal gucken, ob ich noch einen Kabelhelfer kriegen kann, aber ich dachte, ich frage Sie erst mal, Herr Fehsenberg.«

»Kann ich machen«, erwiderte Bill abgesprochenerweise. Mike schlug vor, dass ihm Bill bei der Produktion helfen könnte. Brennhäuser willigte ein, dankte Bill für das Engagement und entließ ihn.

Nachdem Mike den morgigen Termin mit ihm verabredet hatte, fuhr Bill zur Fachhochschule. Im ausgewiesenen Wartebereich des Fachbereichs Design wartete er auf Katja. Sie kam um kurz nach fünf heraus und sagte, dass sie gleich loswolle. Während der Fahrt erzählte sie von der Prüfung. Erst vom Vormittag, wo ihre Bewerbungsmappe genau unter die Lupe genommen worden sei. Dann vom Nachmittag, an dem es ein persönliches Bewerbungsgespräch gegeben habe, das mehrere Stunden gedauert habe.

Sie stiegen am Hauptbahnhof aus und gingen durch die Oststadt zum Spektakel. Simone arbeitete heute dort und kam gleich zu ihnen, als sie Bill entdeckte. Jetzt bitte keinen Spruch, dachte er, denn er war das erste Mal in weiblicher Begleitung hier.

»Ich bin mal gespannt, was das morgen wird«, sagte Simone, nachdem sie die Bestellung aufgenommen hatte. »Ich hoffe, dass die Punks in der Nordstadt bleiben und nicht noch hier rumdödeln, ich muss morgen arbeiten.«

»Ich muss da morgen auch hin«, begann Bill, nachdem Simone gegangen war. »Hab ich gerade erst erfahren. Ist wer krank geworden. Aber du kommst mit. Hab ich schon abgesprochen.«

»So, ich komme mit?«

»Nur wenn du willst.«

»Ist das da, wo deine Kumpels hinwollen?«, fragte Katja.

»Das sind nicht meine Kumpels.«

»Ja, schon gut.«

»Also, was meinst du?«

»Wie lange geht das denn?«

»Ein paar Stunden nachmittags. Aber das wird bestimmt ganz gut. Und du lernst Mike gleich mal kennen.«

»Willst du mich damit überzeugen?«

»Zur Not.«

Katja grinste.

Bill war erleichtert. Er hatte alles unter einen Hut bekommen. Bald kam Simone mit zwei Bier und zwei Baguettes zu ihnen. »Du, Bill, wie sind denn Bastis Eltern so?«

»Weiß nicht, ganz nett. So wie Eltern halt sind«, erwiderte Bill lapidar.

»Wie sind denn Eltern so?« Katja sah ihn an, als ob sie das schon immer hätte wissen wollen.

»Nervig und neugierig«, sagte Bill und sah wieder zu Simone. »Warum willst du das wissen?«

»Bastis Eltern haben uns eingeladen.«

Sie sagte das, als erwartete sie eine Reaktion von ihm. Als Bill nichts sagte, unterstrich sie ihre Aussage mit »Uns!«, als hätte er nicht verstanden. »Übernächstes Wochenende.«

»Ist Sebastian schon wieder hier?«, fragte er überrascht.

»Nee, Basti kommt in zwei Wochen.«

»Sag ihm, ich melde mich dann mal. Und …«, fügte er versöhnlich hinzu, »… wird schon nicht so stressig werden.«

Er hatte seinen Eltern vorsorglich nichts von Katja erzählt. Nicht, dass die auch auf so eine Idee kamen. Sie würden sich unnatürlich verhalten. Bei den Mahlzeiten, bei zufälligen Begegnungen. Und es würden Fragen kommen. Fragen, die wahrscheinlich nur gestellt würden, um einer peinlichen Stille etwas hinzuzufügen, was noch peinlicher und verkrampfter wäre. Die Beantwortung dieser Fragen würde knapp ausfallen und dann käme wieder diese Stille und Verkrampftheit. Es würde anstrengend werden. Aber das ist auch was anderes, dachte er. Sebastian ist mit Simone fest zusammen. Er wusste nicht einmal, ob er und Katja zusammen waren. Oder zusammen gewesen waren. Oder zusammen kommen würden. Oder was auch immer.

»Wie lange geht das Praktikum noch?«, riss Katja ihn aus seinen Gedanken. Simone bediente mittlerweile ein paar Tische weiter.

»Noch einen Monat.«

»Und dann?«

Er hatte keine Antwort parat. Er sollte mit Brennhäuser reden und ihn fragen, ob es eine Möglichkeit gäbe, in irgendeiner Form dort weiterzuarbeiten. Wenn nicht, müsste er sich wirklich überlegen, wie es weitergehen sollte. Vielleicht doch studieren? Oder eine Lehre als Industriemechaniker in der Fabrik? Dann würde er wenigstens etwas Geld verdienen und müsste sich jetzt keine weiteren Gedanken machen. Optionen zu wählen, mit denen man hadert, ist auch nicht der Weisheit letzter Schluss. Das kleinere Übel ist immer noch eines. Andererseits musste irgendetwas passieren. Das machte die ganze Sache nicht leichter.

Katja sah ihn an, als interessierte sie sich nicht mehr für die Beantwortung der Frage. Sie trank ihr Bier aus und stellte das leere Glas auf den Bierdeckel.

»Und nun? Bleiben oder gehen?«

»Wie spät haben wir's denn?«, fragte Bill.

Sie schaute auf ihre Armbanduhr. »Gleich zehn. So ganz lange wird's bei mir nicht mehr. War ziemlich anstrengend heute.«

Katja lehnte sich an ihn. Ihre Haare kitzelten an seiner Nase. Bill sah, wie Simone im zuzwinkerte und wandte seinen Blick schnell ab. Als Simone in der Küche verschwand, umarmte er Katja. Sie drehte ihren Kopf zu ihm und sie küssten sich. Lange.

»Hoffentlich klappt das mit dem Studium«, flüsterte Bill ihr zu.

Katja strich ihm mit der Hand über die Schläfe und lächelte ihn an. »Das hoffe ich auch.«

14

In der Stadt war es heiß. Die Sonne hatte die Häuser und Straßen in den vergangenen Tagen aufgeheizt. Für heute waren Temperaturen um dreißig Grad vorausgesagt. Die Luft in den Häuserschluchten bewegte sich nicht und roch nach den Ausdünstungen des Asphalts. An den Straßenecken versuchten Polizisten, die mit Schutzschilden und Helmen ausgerüstet waren, die öffentliche Ordnung zu sichern. Einige Punks diskutierten mit ihnen. Es war erstaunlich, wie sich der Stadtteil innerhalb kurzer Zeit verändert hatte. Auf der Straße lagen Bierflaschen, besoffene Punks und jede Menge Müll, durch den sie sich kämpften. Aus Kassettenrekordern dröhnte laute Musik.

Sie hatten die Atmo-Geräusche aufgenommen und mehrere Interviews geführt. Jetzt staute sich der Demonstrationszug am Ende der Straße. Die Polizei hatte den Zugang zur Innenstadt mit Mannschaftswagen abgesperrt.

Mike blickte zufrieden auf seine Armbanduhr und strich sich durch die Haare. »Die beiden noch«, schlug er vor und nickte in die Richtung von zwei Polizisten, die eine Straßenecke weiter standen und belegte Brötchen aßen.

Bevor Bill und Katja etwas erwidern konnten, ging Mike schnurstracks auf sie zu. Während er mit den Beamten redete, bereitete Bill das Mikrofon vor und positionierte sich mit der Teleskopstange.

Die Polizeibeamten willigten ein und Mike stellte seine erste Frage, die sich auf die übertriebenen Polizeimaßnahmen des letzten Tages bezog. Einer der beiden Polizisten stellte sofort klar, dass eine Gefahr für die öffentliche Ordnung bestehe und diese manchmal durch Platzverweise abgewehrt werden müsse.

»Und gestern war das nicht möglich?«, fragte Mike, ohne erkennbaren Unterton in der Stimme.

»Gestern galt es, Gefahr abzuwehren. Wenn Sie mit Steinen und Flaschen beworfen werden …«

»Hören Sie, es geht um die öffentliche Sicherheit«, unterbrach ihn sein Kollege. »Und wenn sich das polizeiliche Gegenüber nicht rechtmäßig verhält, kann Polizeigewahrsam ein Mittel zum Zweck sein.«

»Gestern haben sich die Punks ruhig verhalten, bis sie provoziert wurden. Das berichten Teilnehmer der Demonstration«, hakte Mike mit fester Stimme nach.

Einer der Polizisten antwortete, dass sie gestern die öffentliche Ordnung rechtmäßig, aber noch nicht sensibel genug gesichert hätten, als er von seinem Kollegen angetippt wurde. Er deutete zum südlichen Teil der Straße, wo die Barrikaden zu brechen drohten. Die Polizisten verabschiedeten sich hektisch und liefen die Straße hinunter.

Bill und Mike nahmen weitere Kommentare von Passanten und Anwohnern auf, bis Mike sagte, dass sie genug Material hätten.

Während sie zusammenpackten, schlug Mike vor, sich nächste Woche zu treffen, um das weitere Vorgehen zu besprechen. Er bedankte sich bei Bill, verabschiedete sich auch von Katja und verließ sie winkend.

Bill und Katja schlossen sich der größer werdenden Masse an, die sich dem Ring zu bewegte. Vor einer Brücke staute sich der Zug. Jenseits davon fand ein kleines Open-Air-Festival statt. Sie drängelten sich in die Masse und wurden weitergeschoben, bis sie schließlich am Ende der Brücke wie Paste aus einer Tube herausgedrückt wurden. Einige machten sich einen Spaß daraus, sich auf den Boden zu werfen und loszuschreien.

Die Wiese vor der kleinen Bühne quoll über. Sie drängelten sich zum Bierstand, während die Ska-Band ihre erste Zugabe spielte. Immer mehr Punks kamen und drängten auf die Rasenfläche. Sie schauten den pogotanzenden Leuten vor der Bühne zu, als Bill aus der Ferne eine heisere Stimme hörte, die seinen Namen rief. Er drehte sich in die Richtung, aus der er die Stimme zu hören glaubte, und suchte nach einem bekannten Gesicht. Dann spürte er einen festen Handschlag auf seiner Schulter, der ihn zusammenzucken ließ.

»Mann, Alter! Was machst du denn hier?« Heiko stand neben ihm und sah ihn mit einem übertrieben erfreuten Gesicht an. Bill erwiderte die Begrüßung nicht ganz so erfreut. Heiko legte seine Hände auf Bills Schultern, als hätte er etwas außergewöhnlich Wichtiges zu verkünden. »Wir haben Donnerstagabend noch zwei aus Dannenberg getroffen«, er drehte seinen Kopf zu dem Rattenschwanz, der aus Holger, Jörg und drei weiteren Leuten bestand. »Die hatten ein Fünfmannzelt dabei. Ich wollte eigentlich 'ne Nachricht schreiben«, versuchte Heiko sich zu rechtfertigen, »aber dann hätte ich bei dir Licht machen müssen und so und …«

»Schon gut, Heiko. Ist schon gut.«

»Das ist übrigens Falk.« Er zeigte auf einen Typen mit Dreadlocks. »Der ist gestern Abend mit dem LT nachgekommen.«

Bill grüßte flüchtig und sah zu Katja, die gebannt auf die Brücke starrte. Sie war inzwischen abgesperrt. Irgendetwas brannte und inmitten des Durcheinanders versuchten Leute, die Polizeiblockade zu durchbrechen. Ein Wasserwerfer hielt sie davon ab.

Die Situation wirkte seltsam surreal auf Bill, es war, als würde er eine Dokumentation im Fernsehen verfolgen, denn das Schlagzeug und das Bassriff unterdrückten die Geräuschkulisse ringsherum, sogar das Gegröle war kaum zu hören. Nur die Bilder waren da und die laute Musik.

»Wir wollten da gerade hin«, rief Heiko. »Die sperren jetzt sogar die Scheißbrücke ab. Haben die nichts Besseres zu tun?«

»Wegen der öffentlichen Sicherheit«, wiederholte Bill stumpf, was die Polizisten gesagt hatten.

»Wie? Öffentliche Sicherheit? Was soll denn der Scheiß? Wir wollen da doch nur durch. Das ist Freiheitsberaubung. Steht im StGB. Die Scheißbullen setzen das Gesetz außer Kraft. Es geht hier um's Prinzip.« Heiko blickte zu seinen Gefährten und dann zu Bill und Katja, als kämpften sie nun auch für deren Ziele. »Wir müssen unsere Freiheitsrechte verteidigen!«

In der Dämmerung sah er aus wie ein Musketier, zum Kampf bereit und zu allem entschlossen. Am Geländer des diesseitigen Teils der Brücke warfen Punks Steine und Molotowcocktails zum anderen Ufer des Flusses hinunter. Heiko und seine Gefährten gingen schnurstracks auf sie zu, Bill und Katja folgten ihnen. In diesem Moment schrie ein Punk »Rüber bei null« und fing an, von drei laut schreiend rückwärts zu zählen. Danach war das Prasseln von unzähligen Steinen zu hören, die gegen die Schutzschilde der Polizisten prallten. Ein heller Schlag, dem leisere Schläge folgten, wie Regentropfen, die auf den Asphalt klatschten.

Bill blieb stehen, griff Katjas Hand und zog sie zur Seite. Er hatte Angst, von einem Stein getroffen zu werden. Sie liefen zurück auf das Festivalgelände. Die Ska-Band verließ gerade die Bühne und der Sänger sagte die nächste Gruppe an. Jetzt, wo keine Musik mehr spielte, nahmen sie den Aufstand an der Brücke umso deutlicher wahr. Die Scheinwerfer strahlten auf die Menschentraube. Er erschrak über eine plötzlich einsetzende Gitarre, der nach ein paar Takten ein holpriges Schlagzeug folgte. Aus den Augenwinkeln nahm Bill einen Rettungswagen wahr.

Der RTW braucht acht Minuten ab dem Notruf zum Unfallort. Auf dem Land zwölf Minuten, dachte er, ohne es eigentlich denken zu wollen. Es waren Erinnerungsfetzen aus seiner Zivildienstzeit. Erst dann kam ihm in den Sinn, dass etwas passiert sein musste. Die Scheinwerfer, die auf die Brücke gerichtet waren, ließen die Geschehnisse gespenstisch aussehen, die Musik legte einen unwirklichen Klangteppich darüber. Sie gingen an den Rand der Wiese und setzten sich unter einen der wenigen Bäume, die das Gelände abgrenzten. Während sie der Musik zuhörten, legte Katja ihre Hand um seinen Hals und zog ihn an sich. Er blickte ihr in die Augen und als ihre Lippen seine berührten, kamen Erinnerungen an den ersten Kuss auf der Gästecouch in ihm hoch und ihm fiel wieder auf, wie weich ihre Lippen waren.

Nach dem langen Kuss lagen sie auf der Wiese und schauten in den Himmel. Die Wolken bewegten sich kaum und sahen in der Dämmerung gefährlich aus. Sie schienen immer größer zu werden. Als ob sie bald platzen, dachte Bill. Sie hatten seit dem Kuss nicht geredet. Ihm fielen keine passenden Worte ein, die dem Kuss hätten folgen können, deswegen schlug er vor, Bier zu holen.

Er stand in der dritten Reihe vor dem Bierstand. An der Brücke hatte sich die Menschenmasse aufgelöst und ein Teil der Leute kam auf das Festivalgelände. Bill wartete geduldig, bis er in der Schlange aufrückte. In der vordersten Reihe sah er Holger, der versuchte, sich mit zwei Bier in der Hand aus dem Gedränge zu befreien. Weiter vorne sah er Jörg herumstehen, der Holgers Aktivitäten ebenfalls beobachtete.

»Wo ist Heiko?«, fragte Bill, als Holger bei ihm angekommen war.

»Der ist im Krankenhaus!«

»Was?«, fragte Bill erstaunt.

»Wurde von so einem Scheißstein getroffen. Platzwunde am Kopf. Hat geblutet wie Sau.«

»Warum haben die das dann nicht hier verbunden oder geklammert oder so?«

»Ach so, ja nee. Heiko war nicht ansprechbar.«

»Was?! Ich denke nur 'ne Platzwunde? Was macht ihr dann noch hier?«

»Heiko hat immer gesagt …«

»Das will ich jetzt gar nicht hören, was Heiko immer gesagt hat«, unterbrach ihn Bill. »In welchem Krankenhaus ist er?«

Holger zuckte mit den Schultern und Jörg starrte stur auf die Bühne. Das darf doch alles nicht wahr sein, dachte Bill. Er wurde gerade richtig sauer auf Heikos komische Freunde. Die beiden machten ihn beinahe wütender als die Tatsache, dass Heiko im Krankenhaus war.

Zwei Hände legten sich von hinten um ihn. »Ich dachte, ich guck mal, wo du bleibst.«

Er befreite sich etwas zu barsch aus der Umarmung. »Heiko ist im Krankenhaus!«

»Was? Warum das denn?«, fragte sie überrascht.

»Ist von einem Stein getroffen worden. Und irgendwie nicht ansprechbar. Was immer das heißt.«

Während sie über Umwege das Gelände verließen, überlegte Bill, in welches Krankenhaus sie Heiko wohl gebracht hatten. Er entschied sich kurzerhand für das städtische, da es das größte war und von hier aus das nächste.

In der Empfangshalle des Krankenhauses fragten sie nach Heiko. Der Pförtner tippte den Namen in den Computer und teilte ihnen mit, dass er in die Notaufnahme gebracht worden sei. Mit einem Schulterzucken schickte er sie über einen langen Flur zum südlichen Flügel des Krankenhauses. Im Wartebereich trafen sie eine Ambulanzschwester, die ihnen mitteilte, wenn überhaupt liege er in der Unfallchirurgie, dort sollten sie nachfragen. Sie zeigte auf eine Hinweistafel, bevor sie in einem Seitengang verschwand.

Heiko lag im dritten Stock in einem Zweibettzimmer. Er trug ein weißes Nachthemd und hatte die Augen geschlossen. Die Bandage, die um seinen Kopf gewickelt war, hatte sich über der Schläfe rot verfärbt. Im Nachbarbett lag ein Mann ungefähr gleichen Alters, dessen linkes Bein eingegipst an einer Halterung hing.

»Könnt ihr nicht anklopfen?«

»Ein Freund von mir liegt hier.«

Bill schloss die Tür. Der Bettnachbar spielte Nintendo und wandte seinen Blick nicht von der Konsole. »Der ist vor einer Stunde gekommen.«

»Ja, wissen wir«, sagte Katja. »Und?«

»Nichts und.«

»Was ist mit ihm?«

»Bewusstlos oder so.«

»Wie bewusstlos?«

»Na ja, bewusstlos halt. Bin ich Arzt, oder was?«

Bill beugte sich zu ihm hinunter und nahm seinen Atem wahr, was ihn erst einmal beruhigte. »Hat der Arzt sonst noch was gesagt?«

»Keine Ahnung. Euer Freund wurde von zwei Schwestern reingeschoben. Kein Arzt.«

Sie standen am Bett und blickten auf Heiko, der dort lag, als schliefe er seelenruhig. Eine Nachtschwester kam ins Zimmer und legte ihm eine Blutdruckmanschette um den Arm. Bill sah ihr dabei zu. Er wünschte sich sehnlichst, dass Heiko so schnell wie möglich aufwachte.

»Was ist mit ihm?«

»Schädelhirntrauma.«

»Was?!«

Die Nachtschwester pumpte die Blutdruckmanschette auf. »Gehirnerschütterung!« Sie schaute auf die Skala des Blutdruckmessgeräts und nahm das Stethoskop ab. »Der Blutdruck ist stabil.« Sie öffnete Heikos Augenlider und leuchtete hinein. »Pupillen reagieren auch normal. Aber es könnte sein, dass Ihr Freund ... Es muss ein großer Gegenstand mit einer großen Wucht gewesen sein. Wir müssen abwarten, ob sich Hirnblutungen einstellen.« Sie lächelte ihn zuversichtlich an. »Morgen schaut der Arzt noch mal drauf. Ihr Freund braucht die nächsten Tage Ruhe. Sie sollten jetzt gehen.«

»Wie lange muss er denn hier liegen?«

»Das entscheidet der Arzt.« Die Nachtschwester ging zur Tür und wartete geduldig, bis Katja und Bill ihr folgten.

Wortlos gingen sie über die Ringstraße. Dunkle Rauch-schwaden stiegen in den Himmel. Auf der gegenüberlie-genden Straßenseite war ein Punk damit beschäftigt, über einen Schlauch Benzin aus dem Tank eines VW Golfs zu saugen. Neben ihm stand ein Einkaufswagen, in dem leere Flaschen lagen. Der Punk bemerkte sie, ließ sich aber nicht von seiner Beschäftigung abhalten. Bill trat rücksichtslos gegen eine Bierdose, die an eine Hausmauer prallte und die Stille brach. Eine merkwürdige Wut stieg in ihm auf. Auf Heiko, der das alles toll gefunden hatte, und auf Heikos Krawallbrüder, die ihn im Stich gelassen hatten.

»Du komplett stinkende Punksau«, schrie er dem Punk zu. Der blickte auf und machte eine ausladende Bewegung mit der freien Hand.

Bill legte schützend seinen Arm um Katjas Taille und zog sie mit leichtem Druck weiter. Ihre Schritte hallten zwischen den Häuserfronten. Nur die Großstadtreklamen und die Straßenlaternen spendeten ihnen Licht, während sie durch die vermüllten Straßen gingen. Entferntes Gegröle war zu hören, in großen Abständen fuhren Autos an ihnen vorbei. Bill war müde, Katja hatte ihm gerade das Gleiche gesagt. Dass sie hundemüde und fertig sei und nur noch ins Bett wolle. Dabei hatte sie ihren Kopf an seine Schulter gelehnt.

Bald spürte er einen Regentropfen auf seiner Wange. Dann noch einen. Es blitzte. In Kürze würden sie zu Hause sein, doch schon im nächsten Moment donnerte es und innerhalb von Sekunden schüttete es vom Himmel. Die

Regentropfen prallten am Asphalt ab und ihre schnellen Schritte gingen in dem Getöse unter.

15

Um sie herum lagen sonnenhungrige Badegäste und grillten
in der Sonne, kabbelten sich auf ihren Decken oder sahen
dem anderen Geschlecht nach. Trotz der anstrengenden
Nacht ging es Bill erstaunlich gut. Es hatte etwas Unbe-
schwertes, hier neben Katja am Kiesteich zu liegen und
dem bunten Treiben zuzusehen. Er war jetzt einer der gut
gelaunten Menschen, die am Sonntag etwas vorhatten, die
nicht die Zeit zwischen Aufstehen und Schlafengehen ver-
trödelten, sondern sie mit etwas Angenehmem füllten.
Vorhin hatte er ihren Rücken mit Sonnenmilch eingecremt.
Dafür hatte sie den Verschluss ihres Bikinioberteils geöffnet und sich auf den Bauch gelegt. Nun schlief sie. Kleine
Schweißtropfen perlten an ihrem Hals ab und winzige helle
Härchen hatten sich an ihrem Arm aufgerichtet. Er wagte
nicht, sie zu berühren, um ihre Anwesenheit weiter still
genießen zu können. Ihr Gesicht glänzte und war krebsrot.
Eingeengt zwischen Körper und Badehandtuch blitzte ihre
weiße Brust hervor. Ihr Hintern lag erhaben da und glänzte
von der Sonnenmilch, ebenso ihre Beine. Ihre Füße glichen
denen griechischer Göttinnen.

Als sie aufwachte, gingen sie kurz ins Wasser, kühlten
sich ab und zogen sich um. Die Sonne hatte ihnen Kraft

gegeben, die nackte Haut ihre Fantasie angeregt. Auf dem Rückweg alberten sie in der Straßenbahn herum und obwohl sie darüber kein Wort verloren, glaubte Bill, dass auch Katja die gleichen Gedanken hatte wie er. Ihre Blicke verrieten es.

Zu Hause angekommen, warf er sich auf die Matratze. Katja legte sich zu ihm, kam ganz nah und küsste ihn. Ihr Körper roch nach Sonnencreme und unter ihrem Kleid trug sie nichts. Dann setzte sie sich auf ihn und beugte sich hinunter. Die Träger ihres Sommerkleides rutschten über ihre Schultern und ihre Brüste hingen fest über seinem Gesicht.

»Ich bin noch ganz schmutzig vom See«, flüsterte sie und schob ihre Hüfte nach vorne. Ihr Atem war warm. Langsam glitt sie zurück und zog sich wieder nach vorne. Sie machte weiter, sah ihn währenddessen an und zog ihr Kleid aus. Bill entledigte sich, auf dem Rücken liegend, seines T-Shirts und seiner Hose. Als sie sich aufrichtete, berührte er ihre Brüste und fuhr mit dem Finger über ihren Rücken. Ihre Schulterblätter zogen sich zusammen und er machte einfach weiter. Sie atmete schwerer, ihre Haare fielen ihm ins Gesicht und er küsste sie überall da, wo er mit seinem Mund hinkam.

Nachdem sie miteinander geschlafen hatten, lagen sie noch eine Weile da, ohne viel zu reden. Er fühlte sich leicht wie eine Feder. Noch die Badeseekulisse im Ohr, schloss er die Augen und döste ein.

Katja weckte ihn mit einem Kuss. Sie duschten und machten sich auf den Weg zum Bahnhof.

Der Zug stand schon auf der Anzeigetafel. Er fragte sie, wann sie sich wiedersehen würden. Sie melde sich, sobald sie das Ergebnis der Aufnahmeprüfung wisse.

Der Zug fuhr ein. Wie ein Reptil, das mit seiner langen klebrigen Zunge die Bahnreisenden einholte, lag er vor ihnen. Katja strich ihm durch die Haare und küsste ihn auf die Wange. Dann griff sie nach ihrem Rucksack und stieg in den Zug.

Es ertönte ein Pfiff und die Türen schlossen mit einem unwiderruflichen Knall. Mühsam begannen sich die Räder zu regen und bewegten den Zug mit einem Ächzen langsam aus dem Bahnhof. Und mit ihm Katja, die am Fenster saß und ihm zuwinkte. Er winkte ebenfalls und sah dem Fenster nach, hinter dem sie saß. Es entfernte sich immer schneller, längst konnte er sie nicht mehr erkennen und bald war das Fenster eines von vielen, als der Zug in eine Linkskurve fuhr und verschwand.

Am liebsten wäre er ihr einfach nachgefahren. Mit diesem sehnsüchtigen Gefühl schlenderte er durch die Innenstadt, die noch Spuren der vergangenen Tage zeigte. An der südlichen Ringstraße angelangt, ging er Richtung Krankenhaus.

»Wo ist Heiko?«, fragte Bill, nachdem er ins Krankenzimmer eingetreten war.

»Der ist weg.« Der Bettnachbar hielt seine Konsole in der Hand und spielte seelenruhig weiter.

»Das seh ich auch. Und seit wann ist Heiko weg?«, fragte Bill gereizt.

»Als ich aufgewacht bin, war er nicht mehr da«, erwiderte der Patient mit gerunzelter Stirn und sagte, dass die Schwestern nicht sehr begeistert darüber gewesen seien.

Bill ging ins Schwesternzimmer und fragte nach. Die Krankenschwestern hatten aufgrund des gestrigen Ausnahmezustands erst heute früh mitbekommen, dass Heiko nicht mehr da war. Vor einem halben Tag hatte er noch bewusstlos dagelegen und keiner hatte ihm sagen können, wann er entlassen werden würde. Nun konnte ihm keiner sagen, wo er war.

Bill wurde wütend. So kannte er Heiko nicht. Kannte er ihn überhaupt? Heiko war nur ein Bekannter. Oder war er ein Freund, weil sie im gleichen Dorf aufgewachsen waren und sich dort nicht aus dem Weg hatten gehen können? Er wusste es nicht.

Bill stieß die schwere Tür des Krankenhauses auf. Die abendliche Sommerluft vermengte sich mit dem Duft der Lavendelsträucher im Eingangsbereich. Wie eine Betäubung, die kurzzeitig sein dumpfes Gefühl unterdrückte. Der Abendwind tat gut und er ging einen Umweg durch den Georgengarten.

An einem kleinen See setzte er sich auf eine Bank und hörte dem Wasser zu, das gegen das Ufer plätscherte. Die Blätter der Bäume raschelten leise. Stur auf den See blickend, dachte er an nichts, was sich wirklich fassen ließ. Er beobachtete die Wellenbewegungen, griff instinktiv einen Stein und schnippte ihn flach über die Wasseroberfläche. Lustlos. Früher hatte er das leidenschaftlicher gemacht, im Wettstreit mit Kasche, Sebastian, Heiko und den anderen. Heiko konnte am besten flitschen. Er schaffte vierzehn Sprünge. Der Weltrekord, das wusste Bill, lag bei achtunddreißig. Der Stein hüpfte zweimal auf und versank im See.

Bill erinnerte sich kaum noch an die Zeit, die vor seinem Umzug in die Stadt lag. Da war die Zivildienstzeit, in der er ein paar Leute kennengelernt hatte, zu denen er keinen

Kontakt mehr hatte. Davor die Schulzeit, die mittlerweile nur noch als grobe Erinnerung zu seinem Leben gehörte und im Nachhinein ereignislos schien. Sie waren Kinder gewesen und selbst die aufregenden Sachen, die sie erlebt hatten, waren aus heutiger Sicht Pillepalle.

Ohne große Motivation versuchte er, einen Stein nach dem anderen über das Wasser springen zu lassen. Die Wasseroberfläche reflektierte das Licht der Abendsonne und blendete ihn. Er schloss die Augen und ließ seinen Kopf nach hinten hängen. Der fragende Gedanke, ob er Heikos Eltern anrufen sollte, stieg in ihm auf, aber in der Trägheit des Moments verwarf er ihn, weil er deren Nummer nicht hatte und diese erst über seine eigenen Eltern erfragen müsste. Dann würden Fragen aufkommen und auf Fragen hatte er gar keine Lust. Davon hatte er selbst genug.

Also döste er einfach weiter und genoss die frische Luft des Sommerabends, während die Enten ziellos auf dem See umhertrieben und schnatterten.

Ein plötzliches Geräusch drang zu ihm. Aus seinen Gedanken gerissen, drehte er sich in die Richtung, aus der er das Geräusch zu hören glaubte. Ein Gesicht schaute aus einem Holunderstrauch. Sie blickten sich einige Sekunden an, dann verschwand das Gesicht im Dickicht. Kurz danach kam ein Typ über den nahegelegenen Trampelpfad, er trug eine karierte Decke unter dem Arm. Bevor Bill etwas sagen konnte, erklärte der Typ: »Ich habe meditiert. Das Denken muss zur Ruhe kommen. Der Mensch kann seinen Willen und sein Leiden aufheben! Durch Kunst und Meditation.«

Er warf seine Decke auf den Rasen und setzte sich darauf. Bill erkannte ihn. Es war René.

»Das Tohuwabohu im Kopf muss zur Ruhe kommen!«
René richtete sein Gesicht zum Himmel und atmete pathe-
tisch ein. »Am Anfang schuf Gott Himmel und Erde. Die
Erde aber war wüst und wirr.«

»Ja, so sieht's im Zentrum auch aus«, sagte Bill bitter.
»Wüst und wirr.« Er hatte auch sonst das Gefühl, dass sein
momentaner Zustand ein heilloses Durcheinander war.

»Tohuwabohu …«, skandierte René und streckte beide
Arme zum Himmel, als käme von dort ein großer aufgebla-
sener Wasserball herab.

»Tohuwabohu?«

»Das absolute Chaos!« René hob seinen Zeigefinger und
schien sich diebisch zu freuen. »Aber die Frage ist, wer das
absolute Chaos erschaffen hat.«

»Die Punks haben die Stadt verwüstet und Gott muss
aufräumen«, redete Bill gegen die unsäglichen Gedanken
an, die ihm durch den Kopf gingen. Er richtete seinen Blick
auf sein Gegenüber. »Irgendwie fühle ich mich auch so
tohuwabohumäßig. Da muss dringend mal aufgeräumt
werden.« Er tippte mit dem Zeigefinger gegen seinen Schädel.

»Ja, sag ich ja«, René tippte ebenfalls ein paar Mal gegen
seinen Kopf. »Diese Scheißwelt wird immer komplizierter.
Du kannst ja mittlerweile …, es gibt ja viel zu viel Alterna-
tiven. Da ist die Möglichkeit, das Richtige zu finden, so …«
Er hielt seinen Zeigefinger an seinen Daumen und versuchte, einen möglichst kleinen Spalt dazwischen zu lassen.
»Ich meine, das ist doch das Größte, wenn du dich nicht
mehr entscheiden musst.«

Bill hörte zu und starrte auf den See. René ließ seinen
Oberkörper nach hinten fallen und sah in den Himmel.

»Aber die Frage bleibt.«

»Was für 'ne Frage?«

»Wer das Chaos erschaffen hat, das Gott dann in sieben Tagen geordnet hat. Anfang und Ende fallen zusammen«, redete er monologisierend in den Himmel. »Das Erkennen von Gegensätzen!«

»René! Hör mal auf mit dem Scheiß. Ich komme gerade nicht weiter.«

»Womit?«

»Mit allem!«, fasste er seine Gedanken übertrieben pathetisch zusammen.

René blickte stur in den Himmel. »Mit allem klingt nicht gut.«

»Ich habe mich verliebt und hab sie gerade zum Bahnhof gebracht«, begann Bill. »Keine Ahnung, wann ich sie wiedersehe. Und ein Kumpel von mir sollte eigentlich im Krankenhaus sein. Ist er aber nicht. Der ist weg. Einfach weg.«

René sagte nichts und Bill redete einfach weiter. »Mein Praktikum ist bald zu Ende und ich hab keine Ahnung, was ich danach machen soll.«

René sagte immer noch nichts, wofür ihm Bill dankbar war. Bevor er wieder in die Trägheit des Abends und der Verdrängung fiel, meldete sich René doch noch zu Wort.

»Studier doch irgendwas.«

»Ja Gott, was denn?«

»Was machst du denn für ein Praktikum?«

»Bin beim Radio.«

»Journalismus«, sagte René. »Aber da bist du ja bestimmt selber drauf gekommen.«

Bill nickte. »Du studierst, oder?«

»Russische Philologie. Ich habe letztes Jahr ein Auslandssemester in Saratow gemacht.«

»Und nach dem Studium?«

»Mal sehen. Ein Bekannter arbeitet bei einer Wochenzeitung, die auf Russisch schreibt. So völkerverbindungsmäßig. Vielleicht so was.«

Bill warf einen Stein im hohen Bogen ins Wasser und blickte auf die Kreise, die sich auf der Oberfläche bildeten. Heiko ging ihm nicht aus dem Kopf. Im besten Fall war er in Knesebeck bei seinen Eltern. Vielleicht hatte er sich auch bei Kasche gemeldet.

Inzwischen war die Sonne am Horizont angelangt und spiegelte sich auf der Wasseroberfläche des Sees. Es war zu spät, um Kasche anzurufen. Bis er zu Hause sein würde, wäre es halb elf. Da schliefen Kasches Eltern wahrscheinlich schon. Er sollte ihn gleich morgen anrufen.

16

Bill lehnte an der metallenen Wand des Fahrstuhls. Die Beleuchtung flackerte. Mit einer Hand hielt er den Rollwagen. Gestern hatte er sich mit Kasche für kommendes Wochenende in Knesebeck verabredet, um nach Heiko zu suchen. Heikos Mutter ging davon aus, dass ihr Sohn vor zwei Monaten seinen Zivildienst beendet hätte und nun in der Stadt Maschinenbau studierte. Das war beunruhigend. Was war in Heiko gefahren, seiner Mutter so eine Lügengeschichte aufzutischen? Und warum war er so überstürzt aus dem Krankenhaus geflohen? Jetzt nichts zu unternehmen, war irgendwie falsch. Auch wenn Heiko ein Idiot war, er war immerhin auch sein Freund.

Die Tür des Fahrstuhls öffnete sich, Bill schob den Rollwagen ins Treppenhaus und ging den Flur entlang bis zur Wortprogrammredaktion. Er gab Veronika die Pressemappe von Pulp Fiction und Interviews von Tarantino, die er aus dem Internet herausgesucht hatte. Sie überflog die Mappe und bedankte sich. Bill verabschiedete sich und ging weiter. Inzwischen hatte er den zweiten Stock fast geschafft. Jetzt hatte er nur noch ein paar Sendungsmanuskripte für die Redaktionen, die restliche Post und Hausmitteilungen.

Nachdem er mit dem Botengang fertig war, stellte er den Rollwagen an der Sammelstelle ab, fuhr mit dem Fahrstuhl ins dritte Geschoss und klopfte an Mikes Bürotür.

»Gibt's Neuigkeiten von deinem Freund?«, fragte Mike, dem Bill gestern vom Ausgang der Chaostage berichtet hatte. Bill erzählte ihm, dass er nächstes Wochenende nach Knesebeck fahren wolle, um mit Kasche nach Heiko zu suchen. Er fragte sich, warum ihm das so wichtig war, denn Heiko hatte vor ungefähr zwei Jahren angefangen zu nerven, hatte sich immer häufiger aufgespielt. Vielleicht war sein Beweggrund eher Neugierde als Besorgnis. Vielleicht war es aber auch die Sehnsucht nach der guten alten Zeit, in der sie jung und unbeschwert gewesen waren und es nur darum gegangen war, die Schule zu überstehen und den restlichen Tag mit seinen Freunden zu verbringen. Die damaligen Sorgen waren klein, aber das sind sie rückblickend immer, dachte er und fragte sich, wie er in zehn Jahren auf seine heutigen Sorgen zurückblicken würde.

»Wenn unsere Tochter aus dem Schlaf aufwacht, schreit sie fürchterlich«, Mike befüllte zwei Tassen mit heißem Wasser und Teebeuteln. »Weil alles so fremd ist. Wir trösten sie und alles ist wieder in Ordnung. Meine Frau sagt manchmal zu Rosa: ›Wie chaotisch ist die Welt für dich, wenn du aufwachst, da brauchst du erst mal ein vertrautes Lied‹. Und dann hört Rosa auf zu weinen.« Mike zog seinen Teebeutel aus der Tasse und drückte ihn geschickt mit dem Teelöffel aus. »Meistens jedenfalls.« Er lachte. »Also, was ich meine: Als ich Montag früh zur Arbeit geradelt bin, hat man nicht mehr viel von den Chaostagen bemerkt. Weißt du noch, der Rentner, den wir Samstag getroffen haben? Der kannte sogar Punks, die ihm beim wöchentlichen Einkauf helfen. Also ganz so, wie immer berichtet wird, sind die dann doch nicht. Ich will wirklich nichts beschönigen, aber abgesehen von der Polizei und den Punks haben wir, also die vierte Gewalt im Staate«, er lachte, »eine nicht zu unterschätzende Mitschuld. Wir haben das angeheizt und dafür gesorgt, dass das schön hochkocht. Außerdem ...«, Mike zögerte und ging zum Fenster.

In diesem Moment dachte Bill, dass er Mike gerne als älteren Bruder gehabt hätte.

»Ich komme aus dem Ruhrgebiet, und früher, also in den Siebzigern, war ich in einer Punkband. Wir waren alle gegen das System. Später hab ich in Hamburg Journalistik studiert und jetzt führe ich ein bürgerliches Leben.« Er schüttelte skeptisch den Kopf und grinste. »Halbwegs jedenfalls. Punk interessiert mich, deswegen hab ich mir überlegt, daraus ein richtiges Feature machen. Dann haben wir mehr Zeit, zu erzählen.«

Bill war begeistert von der Idee. Vor allem, weil er mit Mike zusammenarbeiten würde.

»Wir schreiben das Manuskript und produzieren es. Mit allem Drum und Dran. Musik, Atmo, Stimmen. Wir machen das alles selber. Und nebenbei lernst du den kompletten Ablauf zur Herstellung eines Features.« Mike wedelte demonstrativ mit den Zetteln und legte sie auf den Schreibtisch. »Was hältst du davon, wenn wir das Feature aus deiner Sicht erzählen? Die Chaostage aus der Sicht eines Hineingeratenen. Der seiner Freundin die Stadt zeigen will und dann mitgerissen wird von den Ereignissen. Der nicht von vornherein auf einer Seite steht. Und der währenddessen dann Stimmen der Gegner und Befürworter aufschnappt. Und das ist dann mit einer persönlichen Geschichte verbunden. Also deine Geschichte, etwas verfremdet.« Mike sah auf seine Armbanduhr und ging zum

Schreibtisch. »Ich hab schon mit Brennhäuser gesprochen. Morgen und übermorgen schreiben wir das Manuskript und für nächste Woche trag ich uns fürs Studio ein.« Er räumte die Teetassen in das kleine Waschbecken. »Das ist was Amtliches zum Vorzeigen. Ein Feature, wo du inhaltlich, technisch und als Sprecher mitgewirkt hast«, erklärte er weiter, während er die Tassen abspülte und auf ein ausgebreitetes Geschirrtuch stellte. »Was mir noch einfällt: Wir sollten politische Aussagen mit reinnehmen. So These – Antithese. Die Deeskalationsstrategie ist gescheitert! Und dann Argumente und Gegenargumente gegenüberstellen.«

»Also Chaos und Ordnung. Oder aus Chaos entsteht Ordnung«, erinnerte sich Bill an das Gespräch mit René.

»Das ist es! Was du eben gesagt hast. Chaos und Ordnung. Ein Supertitel für das Feature. Das ist gut. Mehrdeutig und dialektisch«, sagte Mike, der jetzt nach seiner Jacke griff. »Ich muss los. Wir haben mit Rosa einen Kinderarzttermin.«

Bill folgte ihm, Mike schloss das Büro ab. »Du solltest dir eine CD anlegen mit den ganzen Arbeitsproben, die du während des Praktikums gemacht hast. O-Töne, Manuskripte und so.« Mike verabschiedete sich mit Handschlag. »Wir sehen uns morgen um zehn Uhr.«

Bill nickte, sah Mike nach und ging in die Teeküche, um seinen Rucksack zu holen. Auf dem Heimweg ging er in den Cizek-Grill und kaufte eine Dönertasche. Er dachte an Heiko und fragte sich, warum sie auf einmal verschiedene Wege eingeschlagen hatten. Er erinnerte sich nicht, dass es Streit gegeben hätte, es waren wohl einfach unterschiedliche Interessen gewesen. Gedankenverloren bummelte er ein wenig durch kleine Seitenstraßen und kaufte sich am Kiosk ein Bier.

Zu Hause schaltete er das Radio ein und blieb bei einem Klassiksender hängen. Die Musik klang leidenschaftlich, mitreißend, fast bedrohlich, es war bestimmt etwas Russisches. Auf alle Fälle besser als Radiomusik. Er setzte sich an den Tisch, lauschte der Musik und ließ den Tag Revue passieren. Er freute sich darauf, die nächsten anderthalb Wochen mit Mike zusammenzuarbeiten. Und nächstes Wochenende würde er sich mit Kasche treffen. Das war allemal gut.

17

Er saß im Zug nach Uelzen. Dort stieg er in einen Regionalexpress nach Wittingen, wartete eine viertel Stunde auf den Bus und war nach zweieinhalb Stunden endlich in Knesebeck angekommen.

Am alten Rathaus stieg er aus. Die Straßen waren nahezu verlassen, es herrschte eine Ruhe, die ihm Unbehagen bereitete. Gemächlich ging er die Wittinger Straße hoch, bis er nach fünf Minuten in den Windmühlenweg einbog. Das rote Backsteinhaus der Fehsenbergs lag am Ende der Straße. Die untergehende Sonne ließ es verklärend romantisch aussehen.

Bill stand vor der Haustür seiner Eltern und wartete. Der kleine Vorgarten war akkurat gemäht. Selbst die bepflanzte Gießkanne stand noch in dem Beet zwischen Haus und Rasen. Die Ruhe, das Vogelgezwitscher und die sauberen Straßen waren ihm fremd geworden. Die Stadt war dreckig und laut und voller Bewegung. Hier in Knesebeck hatte er nur wenige Menschen gesehen auf dem Weg von der Bushaltestelle zu seinen Eltern.

Die Haustür wurde geöffnet. Seine Mutter lächelte, als sie ihn sah. Sie strich ihm durch die Haare, drückte ihn mehrmals und ließ ihn hinein. Die Küchentür stand halb offen und Bill sah, dass der Abendbrottisch schon gedeckt war. Die Tür zum Wohnzimmer war angelehnt, der Fernseher lief und bevor er eintreten konnte, kam sein Vater heraus und begrüßte ihn mit Handschlag.

»Hallo, Junge! Bring deine Tasche schon mal hoch«, sagte er, als würde Bill nicht von alleine darauf kommen.

Er stieg die Holztreppe hinauf und stellte seine Tasche in seinem Zimmer ab. Es hatte sich kaum verändert. Bis auf sein Röhrenradio und ein paar Kleinigkeiten stand die Einrichtung noch so da wie vor einem halben Jahr.

Als er kurz darauf in die Küche kam, fragte sein Vater, wie die Fahrt gewesen sei. Sie war Heimweh und Flucht zugleich. Dieses paradoxe Gefühl hatte während der Fahrt wie ein unsichtbarer Fahrgast neben ihm gesessen. Es war das erste Mal seit Beginn des Praktikums, dass er seine Eltern besuchte. Er freute sich, sie wiederzusehen, konnte sich aber nicht vorstellen, länger zu bleiben als nötig.

»Setz dich«, sagte seine Mutter und nickte auf das Gedeck, das für ihn vorgesehen war.

»Und, Junge? Wie ist es in der Stadt?«, fragte sein Vater neugierig, während er sich eine Scheibe Brot aus dem Korb griff.

»Ganz gut.«

»Hast du dich schon eingelebt?«, fragte seine Mutter.

Bill nickte flüchtig.

»Und dein Praktikum?«

»Auch ganz gut.«

»Das ist doch bald vorbei, oder?«

Bill nickte und begann sich eine Scheibe Brot zu schmieren.

»Weißt du schon, was du danach machen willst?«

Sein Vater saß ihm gegenüber und war dabei, den Rest Leberwurst aus der Pelle zu kratzen. Ohne seinen Blick von der mittlerweile zerfledderten Hülle zu lassen, sagte er streng: »Deine Mutter hat dich was gefragt!«

Bill sah erst ihn, dann seine Mutter an.

»Was bitte?«, fragte er, um Zeit zu gewinnen.

»Nächsten Monat bist du mit dem Praktikum fertig!«

»Ja.«

»Hast du dich denn schon beworben?«

»Bin dabei.«

Für kurze Zeit herrschte eine friedliche Stimmung am Tisch, die vermuten ließ, sein Vater hätte die Frage vergessen.

»Schmeckt's?«, erkundigte sich seine Mutter belanglos.

Er nickte.

»Wo denn bisher?« Sein Vater schnitt ein Stück seines Wurstbrotes ab und sah ihn dabei an, als ob er kein Wässerchen trüben könnte.

»Ich hab meinem Chef eine Bewerbung reingereicht«, sagte er und fand, dass er das tatsächlich mal machen sollte. »Und der sagte, dass es dauern wird, bis er Näheres sagen kann. Muss erst in die Personalabteilung«, fügte er schnell hinzu, um seinen Eltern klarzumachen, dass es sich um eine längerfristige Angelegenheit handelte.

Er blickte keinen der beiden an, sondern griff sich eine Scheibe Brot, obwohl er noch einen Rest auf seinem Brett hatte. Ihm machte es nicht viel aus, seine Eltern anzulügen. Sie würden ihm nur gut gemeinte Ratschläge geben, mit denen er nichts anfangen konnte, und sein Vater würde ihm Vorhaltungen machen wegen der monatlichen finanziellen Zuschüsse.

»Und sonst?« Sein Vater gab sich mit der zweifelhaften Antwort seines Sohnes nicht zufrieden.

»Hab mich noch bei ein paar lokalen Sendern beworben«, log er. »So gemeinnützige Träger. Bürgerfunk und so.«

»Mmh«, sein Vater versuchte, mit der Gabel eine eingelegte Gurke im Einmachglas zu treffen. »Antenne Niedersachsen ist doch auch in Hannover.«

Bill nickte.

»Ich hab in den Stellenanzeigen gesehen, dass die auch Medienkaufleute ausbilden.«

»Ich will aber keine kaufmännische Ausbildung machen.«

»Man kann sich das nicht immer aussuchen. Ich würde mich an deiner Stelle auch auf Stellen bewerben, die du vielleicht nicht ganz so gerne machen möchtest.«

Bill gab auf. Bei einem solchen Sender würde er sich nicht bewerben, weil er so was wie die Morningshow und diese dämlichen, auf witzig gemachten Kurzmoderationen auf den Tod nicht ausstehen konnte. Das alles hatte nichts mit dem zu tun, was ihn dazu bewogen hatte, Radio zu hören, geschweige denn zu machen. Außerdem hasste er ›Radiomusik‹, wie er die ewig durchgespielten Hits der letzten zehn Jahre nannte. Aber sein Vater würde das nicht verstehen.

»Und du hast noch nichts gehört?«, bohrte sein Vater weiter. »Von dem …, was war das? Bürgerfunk?«

»Genau.«

»Hast du denn noch mal angerufen? Vielleicht haben sie deine Bewerbung vergessen.«

»Da hat dein Vater recht«, mischte sich seine Mutter ein. »Du solltest da mal anrufen. Vielleicht haben die dich wirklich vergessen.« Dann seufzte sie und schüttelte kaum merklich den Kopf. »Ach, Stefan.«

Bill sah seiner Mutter herausfordernd in die Augen. »Was denn?«

»Vielleicht hättest du besser eine Ausbildung machen sollen. Wie Karsten. Der wird übernommen. Hat er dir das schon erzählt? Ich habe vorgestern Frau Türnagel beim Einkaufen getroffen.«

»Ja«, sagte er, obwohl er es noch nicht wusste. Eigentlich wusste er gar nichts. Nicht, dass Kasche übernommen worden war. Nicht, wo Heiko war. Nicht, wie es weitergehen sollte. Das »Ja«, das er gerade alles andere als inbrünstig erwidert hatte, unterstrich sein ungewisses Gefühl. Nach einigen Minuten stand sein Vater auf und ging ins Wohnzimmer. Bill sah ihm nach und war sich nicht sicher, ob er gewohnheitsgemäß ging oder genug hatte von den Herumdrucksereien seines einzigen Sohnes, der ein unschlüssiges Leben in der Großstadt lebte.

»Ich habe Frau Schulz vor ein paar Tagen getroffen«, sagte seine Mutter kurz darauf. »Heiko wohnt jetzt auch in der Stadt und studiert Maschinenbau.«

»Ja, ich weiß«, schwindelte Bill. Er sah seine Mutter kurz an. Sie machte sich Sorgen um ihn. Wenn er ehrlich war, konnte er gut verstehen, dass seine Eltern verunsichert waren. Er machte sich ebenfalls Sorgen. Und diese Sorgen schwirrten wie ein Hintergrundrauschen durch seine Gedanken der letzten Tage und Wochen.

»Maschinenbauer werden gesucht, Stefan. Das stand in der Zeitung. Aber du musst selber wissen, was du willst.«

Aus dem Wohnzimmer waren leise die Zwanziguhrnachrichten zu hören. Sie saßen eine Zeit lang schweigend am Küchentisch.

»Nicole und Christian haben vor zwei Wochen geheiratet. Mit Christian warst du doch mal in einer Klasse«, begann seine Mutter die Ruhe am Tisch zu durchbrechen.

»Das war in der Grundschule«, entgegnete Bill.

»Stand im Gemeindebrief. Ich dachte, das interessiert dich.«

»Mama, wirklich nicht!«

»Ich dachte nur.«

»Nein!«, sagte Bill entschieden und hoffte, damit das leidige Thema ein für alle Mal aus der Welt zu räumen.

»Was willst du morgen zu Mittag essen?«, fragte sie nach einer Weile. »Soll ich Gulasch machen? Das magst du doch so gerne.«

»Kannst du machen.«

»Oder wollen wir Sonntag das Gulasch essen? Dann hole ich für morgen einen Eintopf aus der Truhe«, schien es ihr wie ein Geistesblitz in den Sinn zu kommen.

»Da bin ich nicht da. Ich wollte morgen Nachmittag mit Kasche wegfahren. Wahrscheinlich komme ich erst Sonntagnachmittag wieder.«

»Bist du mal hier, gibt es schon wieder Wichtigeres.«

Bill sagte nichts darauf.

»Ach, Stefan«, seufzte seine Mutter. »Dann gibt es morgen doch das Gulasch.«

Sie begann, das Geschirr abzuräumen. »Trotzdem schön, dass du mal hier bist.«

Er stand auf und half seiner Mutter. Im Wohnzimmer lief mittlerweile ein Bud-Spencer-Film. Er setzte sich zu seinem Vater. Bald darauf kam seine Mutter und sie sahen sich den Film zu Ende an. Nach den Tagesthemen und dem Bericht aus Bonn gingen seine Eltern ins Bett.

Er blieb noch auf und zappte durch die Programme. Es lief eine Doppelfolge MASH. Es erinnerte ihn an die Zeit des letzten Schuljahres und des Zivildienstes, in der er die Serie regelmäßig gesehen hatte. Das ist alles so lange her, das ist bald gar nicht mehr wahr, dachte er, und dieser Gedanke machte ihn für einen Moment traurig. Irgendwann nahm er den Titelsong ›Suicide is painless‹ wahr und er merkte, dass er sich schon im Halbschlaf befand. Er sollte ins Bett gehen, doch er ergab sich dem zufriedenen Gefühl, dass das Lied und die gewohnten Stimmen ihn in den Schlaf tragen würden.

18

Sie standen auf dem Treppenabsatz des orange geklinkerten Bungalows. Bill blickte auf die weiten Felder, die sich hinter dem Wohngebiet anschlossen. Der Mais stand zwei Meter hoch, Baumkronen verrieten dahinter den Wald. Hier hatten sie früher oft gespielt, meistens an dem kleinen Bach oder weiter auswärts, wo sich das Bornbruchsmoor befand.

Etwas Dunkles näherte sich dem geriffelten Glaseinsatz der Haustür. Eine dickliche Frau öffnete und blickte sie erstaunt an. Dann änderte sich ihre Miene, erfreut über den unerwarteten Besuch.

»Karsten, Stefan. Das ist ja eine schöne Überraschung!«

»Guten Tag, Frau Schulz«, sagten beide ungefähr gleichzeitig.

»Ist was mit Heiko?«

»Nein, nein«, erwiderte Bill sofort, um sie nicht zu beunruhigen.

»Heiko hat uns zu seiner Abschiedsparty eingeladen. Da, wo er Zivildienst gemacht hat. Und wir haben die Adresse nicht mehr und dachten, Sie wüssten, wo das ist«, begann Kasche ihr Begehren.

»Da bin ich ja beruhigt. Weil er sich so lange nicht gemeldet hat. Wollt ihr reinkommen?«

»Nein, danke«, sagte Kasche. »Wissen Sie, wo das war?«

»Da, wo Heiko Zivildienst gemacht hat?«, fragte Frau Schulz nach.

Sie nickten.

»Heiko ist doch seit drei Monaten fertig!«

»Ja, einmal jährlich im Sommer findet da eine Party statt.«

»Für alle, die dieses Jahr schon aufgehört haben«, begann Bill die Notlüge mit einer für ihn stimmigen Logik zu erklären.

Frau Schulz blickte eine Weile auf das Maisfeld, das das Dorf vom Rest der Welt zu trennen schien.

»Da muss ich mal überlegen, das ist ja schon wieder ein bisschen her. Und er hat so wenig darüber erzählt. Das war an der Ostsee.«

»Haben Sie die Adresse?«

»Ich muss mal nachgucken«, sagte Frau Schulz, »Heiko hat seine Sachen noch hier.«

Sie drehte sich zu Bill.

»Wie geht's ihm denn? Er hat sich schon seit Wochen nicht gemeldet.«

»Ach, dem geht's gut. Der ist nur immer so schwer zu erreichen. Ist wahrscheinlich viel zu tun im ersten Semester.«

»Ich hab gar keine Telefonnummer von ihm. Hat er mittlerweile Telefon? Er sagte, dass das mit dem Anschluss so lange dauert.«

Bill schüttelte den Kopf.

»Warum fahrt ihr denn nicht zusammen da runter? Ich weiß, das geht mich nichts an, aber …«

»Heiko ist gestern gleich nach den Vorlesungen losgefahren, wegen der Vorbereitungen und so«, unterbrach Bill sie, um die Lügengeschichte mit einer weiteren Lüge zu beenden. »Und wir hatten uns davor nicht mehr gesehen.«

»Jedenfalls brauchen wir die Adresse, Frau Schulz«, drängelte Kasche. »Das geht am frühen Abend los.«

Frau Schulz bat sie, einen Moment zu warten, und kam nach ein paar Minuten mit einem Zettel wieder. »Der hing an der Pinnwand.« Sie guckte länger darauf, als es benötigte, die paar Wörter zu lesen, und gab Kasche den Zettel. »So 'n bisschen was hat er ja erzählt. Ich glaub, er war ganz froh, als er fertig war. Bestellt dem Heiko einen schönen Gruß«, sie gab ihnen die Hand, »und sagt ihm, er soll sich bei seinen Eltern melden.«

Sie verließen Knesebeck und fuhren anderthalb Stunden über Land, bis sie die A7 erreichten. Kasche drückte das Gaspedal bis zum Anschlag durch und freute sich diebisch, dass sein Renault 4 es auf einhundertdreißig Stundenkilometer brachte. Eine Unterhaltung in normaler Lautstärke ließ das Fahrgeräusch nicht zu. Trotzdem wollte Bill seinen Freund nach den Neuigkeiten fragen, die ihm seine Mutter erzählt hatte.

»Und du wirst übernommen?«

»Ja«, schrie Kasche. »Hatte ich dir das schon erzählt?«

»Nee, meine Mutter gestern.«

»Hat dir das deine Mutter erzählt? Scheiße! Die Mütter sind schlimmer als die Stasi.« Er schüttelte den Kopf. »Ich hab nächsten Monat Abschlussprüfung und wenn ich die mit drei bestehe, werde ich übernommen.«

»Ist doch gut«, sagte Bill, obwohl er an seiner Aussage zweifelte. »Oder?«

»Wie meinst du das?«

»Nur so.«

»Natürlich ist das gut. Sonst müsste ich mich wieder bewerben.«

Bill drehte sich zu seinem Freund. Er ist wie ein Baum, der stoisch in die Höhe wächst, ohne heroische Ziele zu haben, dachte er, aber immer stabil dastehend. »Was ist mit dem Bund?«

»Ich hab noch nichts gehört. Wahrscheinlich haben die mich vergessen, sonst hätten die sich schon gemeldet.«

Nach anderthalb Stunden verließen sie die Autobahn und fuhren über flaches Land. Sie erreichten das Meer und fuhren einige Zeit am Deich entlang, auf dem Schafe grasten. Im Seebad angekommen, folgten sie der Durchgangsstraße, durchquerten eine weitere Ortschaft und erreichten ihr Ziel, das aus unzähligen Hotelburgen bestand. Dahinter, direkt am Meer, türmte sich ein länglicher Betonkomplex vor ihnen auf. Er lag da wie ein steinerner Löwe an einer Trinkstelle.

Der unscheinbare Eingang des Wohnheims befand sich auf der Rückseite des Klinikkomplexes, die Tür ließ sich ohne Weiteres aufstoßen. Im Treppenhaus roch es nach kaltem Zigarettenrauch.

Sie gingen den Flur entlang und stießen auf eine weitere Tür. Hinter einem alten Klingelschild steckte ein Schnipsel Papier, auf dem ›Zivi-Wohnheim‹ stand. Sie traten ein und fanden sich in einem weiteren Flur wieder, von dem links und rechts Türen abgingen. Es waren keine Namensschilder angebracht. Kasche ging entschlossen zur nächstgelegenen Tür und klopfte. Ein Typ in Unterhose öffnete und glotzte sie sprachlos an.

»'tschuldigung«, sagte Kasche. »Kennst du Heiko? Heiko Schulz?«

Der Bewohner des kleinen Apartments kratzte sich am Kopf. »Weiß nicht.«

»Wie, weiß nicht?«, drängelte Kasche. »Entweder kennst du Heiko oder du kennst ihn nicht.«

»Hey, mal halblang.« Der Zivi zündete sich eine Zigarette an. »Wer seid ihr eigentlich?«

»Alte Freunde!«, erwiderte Bill ungeduldig. »Heiko hat hier bis vor 'n paar Monaten noch Zivildienst gemacht.«

Der Zivi sah sie dumpf an.

»Aber Jörg und Holger kennst du?«, fragte Bill in der Hoffnung, doch noch irgendwelche Informationen zu bekommen.

»Die wohnen da«, er zeigte auf zwei Türen, die auf dem gegenüberliegenden Teil des Flurs lagen. Kasche ging hinüber und klopfte an.

»Die hocken bestimmt im Keller«, bemerkte der Zivi, nachdem sie einen Moment vor den verschlossenen Türen verharrt hatten. »Die hocken immer in der alten Bettenzentrale, wenn sie keine Schicht haben.«

»Wie kommt man dahin?«, fragte Bill.

Er erklärte ihnen den Weg. Sie mussten die Metalltür im Treppenhaus nehmen, dort ging es in den Keller. Sie fanden den Lichtschalter nicht und orientierten sich an den Notausgangsleuchten. Hinter einer stählernen Brandschutztür gingen sie links entlang, so wie es ihnen erklärt worden war. Nach ungefähr zwanzig Metern sahen sie einen Lichtstreifen aus einer angelehnten Tür scheinen. Sie vermieden laute Tritte. Als sie an der Tür angekommen waren, schob Bill die Stahltür mit dem Fuß vorsichtig ein Stückchen auf. Ein paar Leute saßen im hinteren Teil des Raumes im Kreis zusammen.

»Na los«, flüsterte Kasche und wies mit einer Bewegung seines Kopfes in den großen Kellerraum. Bill deutete Kasche mit seiner flachen Hand an, noch etwas zu warten, als er hinter sich eine Stimme hörte, die fragte wer denn da sei. Sie drehten ihre Köpfe erschrocken herum und sahen eine Gestalt auf sich zukommen. Bill erkannte die Stimme. Sie war ihm vertraut. In dem schummrigen Licht der Notbeleuchtung waren schemenhafte Umrisse des anderen zu erkennen. Ein dunkler Schatten näherte sich an der Betonwand. Scheiße, dachte Bill nur. Er fragte sich, warum er nichts geahnt hatte, als er Sebastian erkannte.

Sie standen sich gegenüber und schwiegen für Sekunden. Bill gingen jede Menge Gedanken durch den Kopf und jeder schien wie eines der Bällchen zu sein, das bei der Ziehung der Lottozahlen in einer gläsernen Kugel herumgeschleudert wurde. Endlich fasste er seinen ersten Gedanken in Worte: »Was machst du denn hier?«

»Scheiße, Alter«, Sebastians Stimme klang kraftlos. »Woher wusstet ihr, dass wir hier sind?«

»Dass du hier bist, damit hab ich nicht mal im Traum gerechnet«, entgegnete Bill und fragte gleich hinterher, ob Heiko auch da sei. In diesem Moment kam Heiko aus dem Kellerraum in den Flur. Über seiner linken Schläfe klebte ein Pflaster.

»Hey, Bill, Kasche. Scheiße noch mal. Was macht ihr hier?«

»Wir suchen dich Heiko, wir suchen dich.«

»Kommt erst mal rein«, er machte eine einladende Geste.

Sie gingen zu den anderen und setzten sich auf die Bierkisten. Dort saßen Holger, Jörg und ein Typ mit Dreadlocks, den Bill schon einmal gesehen hatte. Im hinteren Teil des Raumes standen zusammengefaltete Rollstühle hinter

alten Krankenhausbetten, auf denen Klamotten und Schlafsäcke lagen.

»Ich hatte dich übrigens im Krankenhaus besucht,
Heiko.«

»Jaja, ich weiß«, sagte er und fing an, sich eine Zigarette
zu drehen. »Dieser Daddel-Typ hat erzählt, dass wer da
war. Wär nicht nötig gewesen.«

»Nee«, sagte Bill gleichgültig. »Wär's nicht. Ich hab mich
nur gewundert, dass du nicht da warst.«

»War nur 'ne Gehirnerschütterung. Ich war 'n paar Stunden bewusstlos. Meine Leute haben mich Sonntag früh
abgeholt.«

Meine Leute, dachte Bill, wie das klingt. Gehörte er jetzt
nicht mehr dazu? Zu seinen Leuten? Genervt von Heiko
sagte er vor versammelter Mannschaft, dass sie gestern bei
seiner Mutter gewesen seien und die glaubte, ihr Sohn studiere Maschinenbau.

»Was denn. Soll ich ihr sagen, dass ich in einer Abstell-
kammer im Krankenhaus penne? Dass ich mein Sparbuch
geplündert habe? Dass ich keinen Bock mehr habe auf das
verspießte Knesebeck?« Heiko sprach laut und fuchtelte
aufgeregt mit den Händen. »Ich werde mich erst mal als
Bettenschieber bewerben. Das macht Falk auch.« Er zeigte
auf den Typen mit den Dreadlocks.

»Ja, schon gut«, sagte Bill einigermaßen verständnisvoll.

»Wenn ich den Job als Bettenschieber habe, sage ich
ihnen, dass das Studium doch nicht so toll war und ich eine
Krankenpflegeausbildung machen will. Bis dahin werde ich
im Krankenhaus jobben. Dann können die mir nix.«

Bill nickte. Er verstand, weshalb Heiko hier war. Aus
dem gleichen Grund, weshalb er in der Stadt war und nicht
zurückwollte. Aus dem gleichen Grund, weshalb Sebastian

so eine komische Nummer abgezogen hatte. Sie wollten alle den alten Unsinn abwerfen. Wie die Blindschleiche ihren Schwanz, dachte er amüsiert. Sie wollten ein eigenes Leben führen. Und das war schwer genug.

»Wie seid ihr an den Raum gekommen?«, fragte Bill, er wollte sich versöhnlich zeigen.

»Durch Falk. Das war früher 'ne Bettenzentrale. Deswegen auch das Ding da«, er zeigte auf eine große, aluminiumverblendete quadratische Öffnung, die in eine Wand eingelassen war.

Bill nickte und nahm erst jetzt bewusst wahr, dass die komplette Wand, in der sich die Öffnung befand, gefliest war. In der Ecke stand noch ein altes weißes Metallbettgestell auf Rollen, das großflächig Rostschichten angesetzt hatte.

»Ich hab den Schlüssel für den Raum hier, ist so was Halboffizielles.« Falk grinste. »So was, wo sich keiner drum kümmern will. Und jetzt ist das unsere Zentrale!« Er stand auf und ging zur Ablage am Bettendesinfizierer.

Im Hintergrund tönte aus einem Kassettenrekorder leise Punkmusik. Heiko und Sebastian waren aus dem ganzen Wahnsinn des Knesebeck-Komplexes ausgestiegen, der aus den Forderungen der Eltern, dem funktionierenden Netzwerk derselben und der Ziellosigkeit, die sich daraus ergab, bestand. Sie hatten keine normale Abfahrt genommen, sondern einen holprigen Feldweg, von dem nicht sicher war, wohin er führen würde und ob er überhaupt irgendwohin führte, dachte Bill auf den kalten Betonfußboden starrend.

»Und du bleibst in Knesebeck?«, fragte Bill seinen Freund Kasche, obwohl er die Antwort bereits wusste.

»Auf alle Fälle«, erwiderte Kasche. »Ach, das hab ich noch gar nicht erzählt. Ich hab 'ne Frau kennengelernt!«

»Echt?!«, fragte Bill erstaunt.

»Wir sind seit zwei Monaten zusammen. Ist passiert, als wir auf dem Schützenfest waren, kurz nachdem ich dich besucht hatte. Macht auch 'ne Ausbildung bei uns.«

»Kenn ich die?«

Kasche schüttelte den Kopf. »Kommt aus Meck-Pomm. Ist wegen der Ausbildung nach Knesebeck gezogen.«

Bill lachte laut. »Wegen der Ausbildung nach Knesebeck gezogen. Das ist gut. Dann scheint das ja wirklich nicht so zu laufen im Osten, wenn die Leute schon nach Knesebeck kommen.«

Mit einem Mal wurde Bill sentimental und dachte an all den Blödsinn, den sie in Knesebeck fabriziert hatten. Er hatte keine konkrete Aktion vor Augen, doch überkam ihn ein wohliges Gefühl dabei. Sebastian gesellte sich zu ihnen und sie plauderten über alte Zeiten.

»Erzähl Simone nichts«, bat ihn Sebastian, als eine Redepause entstanden war.

»Nein, natürlich nicht«, erwiderte Bill. »Aber warum das alles überhaupt?«

Sebastian nahm einen Schluck aus der Flasche und griff nach dem Tabakpäckchen. »Ich krieg das mit dem Studium nicht mehr hin.«

»Scheiße«, sagte Bill reflexartig, dabei fand er die ganze Norwegenaktion doch etwas übertrieben.

»Ich krieg das *alles* nicht mehr hin.«

»Wie *alles*? Warum hast du mir nichts erzählt?«, fragte Bill.

»Nicht, dass du dich verplappert hättest.«

Bill war enttäuscht, versuchte aber, sich nichts anmerken zu lassen. »Wie bist du auf Norwegen gekommen?«

»War ich mal als Kind mit meinen Eltern«, Sebastian zuckte mit den Schultern. »Und es musste ja einigermaßen weit weg sein, wegen Besuchen und so.«

Sebastians Blick klebte an der trostlosen Mauer. Dann drehte er sich zu Bill. »Fahrt ihr morgen wieder zurück?«

»Ja!«

»Kann ich mitfahren?«

»Ja, klar.«

Die Musik ging aus. Es herrschte für einen Moment Ruhe. Irgendwer räusperte sich, Flaschengeklimper war zu hören. Holger stand auf und drehte die Kassette um.

19

Bill wachte auf. Kalter Zigarettenrauch stand im Raum und Unmengen Flaschen lagen in einer Bierlache auf dem kalten Betonfußboden. Er rappelte sich auf. Sein Kopf glühte und er spürte ein Pochen in den Schläfen. Neben ihm lag Kasche. Sie hatten noch nicht einmal die beiden Schlafsäcke aus dem Auto geholt, sie waren einfach auf dem Boden eingeschlafen. Sebastian und Heiko lagen auf alten Krankenhausbetten und schliefen fest.

Als Bill vom Klo kam, das sich am anderen Ende des Gebäudes befand, kam ihm Kasche entgegen und sagte, dass sie gleich mal los sollten. Bill nickte und ging wieder zurück in die alte Bettenzentrale, die bei Tag noch trister und gammeliger aussah als am vergangenen Abend. Man konnte anhand der Kippen sehen, wo sie gestern Nacht gesessen hatten. Erst jetzt fiel ihm auf, dass der Kellerraum fensterlos war. Die Leuchtstoffröhren strahlten künstliches Licht an die wahrscheinlich vor Jahrzehnten zum letzten Mal gestrichenen Wände, die gräulich schimmerten. Er ruckelte an Sebastians Schulter und sagte, dass sie sich auf den Heimweg machen wollten. Sebastian stieg aus dem Krankenbett und packte seine Sachen zusammen. Sie verabschiedeten sich von Heiko und seinen Gefährten und verließen die Bettenzentrale.

Draußen auf dem Weg zum Parkplatz bemerkte Bill überrascht den herrlichen Sommertag. Urlauber spazierten am Strand entlang oder saßen vereinzelt in den Strandkörben. Eigentlich hätten sie den Tag am Meer genießen sollen, aber er wollte so schnell wie möglich los.

Am Nachmittag erreichten sie Knesebeck. Bill sah sein Gesicht im Rückspiegel. Er sah miserabel aus. Schweiß hatte sich auf seiner Stirn gebildet und sein Kopf glühte. Sebastian schlief auf dem Rücksitz und sah auch nicht besser aus. Bill wollte sich noch kurz von seinen Eltern verabschieden und verabredete mit Kasche, ihn in einer Stunde wieder abzuholen.

Seiner Mutter war die Enttäuschung anzusehen, als sie ihren von der letzten Nacht ausgezehrten Sohn sah. Sein Vater verzichtete auf wertende Blicke und verschwand gleich wieder im Wohnzimmer. Seine Mutter bot ihm an, sich noch mal hinzulegen, was er dankend ablehnte. Sie machte ihm einen Tee und Bill erzählte ihr knapp von dem Besuch in Damp. Er orientierte sich daran, was sie gestern Frau Schulz erzählt hatten, nur um sicherzugehen, dass alles stimmig war, wenn sie sich im Supermarkt begegneten. Dann verabschiedete er sich.

Bäume und Felder rasten an ihnen vorbei. Die Wolken, die am tiefblauen Himmel Muster formten, hingen wie ein Damoklesschwert über dem flachen Land, als seien sie in der Lage, die Schönheit des Augenblicks rasch beenden zu können. Der Interregio fuhr an abgeernteten Feldern vorbei. Hin und wieder erschien ein kleines Waldstück. Bill sah aus dem Fenster. Gleich würde der Zug den letzten größeren Bahnhof anfahren, dann wäre die Hälfte der Strecke geschafft.

Als der Zug langsam durch den Speckgürtel der Stadt fuhr, rüttelte er Sebastian wach. Die Reisenden standen allmählich auf, um zu den Türen zu gehen. Warme Stadtluft drang ihnen entgegen. Sie gingen durch den Bahnhofstunnel und kamen am Raschplatz heraus. Autos stritten um die Vorfahrt. Tauben flogen aufgescheucht in den Himmel und Unmengen plappernde Stimmen kreuzten ihren Weg. Bill atmete tief ein. Er war froh, wieder zu Hause zu sein.

»Kommst du noch mit ins Spektakel?«, fragte Sebastian dringlich. »Simone müsste gerade da sein.«

Bill nickte und legte seinen Arm um Sebastians Schulter.

Aus den Lautsprechern grollte Velvet Underground. ›There's always someone around you who will call, it's nothing at all‹. Sebastian stützte den Kopf auf seinen Handrücken und starrte in die Leere. Simone war gerade bei ihnen gewesen und hatte ihren Freund nach Strich und Faden abgeknutscht. Dann hatte Sebastian ihr eine fabelhafte Lügengeschichte aufgetischt.

Als Simone wieder gegangen war, streckte Sebastian seinen Kopf nach hinten und blickte an die dunklen Deckenpaneele. »Ich werde ihr das schon sagen. Spätestens zum Semesterbeginn.«

»Ist das denn so schlimm?«, fragte Bill. »Wenn du abbrichst?«

Sebastian zuckte mit den Schultern. Er tastete seine Hosentasche ab und verschwand auf der Toilette.

Er sieht verloren aus, dachte Bill, ohne genau zu wissen, wie er das meinte. Als ob er nicht weiß, wo er hingehört, irgendwie sieht man es ihm an. Vielleicht kam es ihm aber auch nur so vor und er dramatisierte die Situation. Gut, dass Simone da ist, dachte er, als er Sebastian aus der Toilettentür kommen sah.

Sebastian setzte sich, steckte einen Stickie in den Mundwinkel und zündete ihn an. »Das ist das Bier des Drogenkonsumenten«, murmelte er und blies den Rauch in Kringeln aus. »Weißt du noch, letztes Jahr im Tor 1?«

Bill erinnerte sich, ein einziges Mal mitgegangen zu sein.

»Da ging das los mit den Raves. Jedes Wochenende. War 'ne geile Zeit. Dann fing das irgendwann schon am Donnerstag an. Und den Sonntag auch noch. Jedes Wochenende auf Ecstasy. Irgendwann ging das alles nicht mehr.« Sebastian sah ihn an und sein Gesicht erstarrte zu einer verzweifelten Grimasse. »Ich kam nicht mehr runter, bin auch nicht mehr zur Uni. War mir alles zu viel.«

»Weiß Simone das?«

Sebastian schüttelte den Kopf und starrte auf den Bierdeckel. »Ich bin jeden Tag durch die Stadt gestreunt. Nur damit ich irgendwas mache. Aber was willst du schon machen, wenn du nicht weißt, was du machen sollst. Und dann hat Heiko angerufen, ob er während der Chaostage bei mir übernachten könnte.«

»Heiko hat bei dir auch angerufen?«

»Sag ich ja. Und ich hab ihm gesagt, dass das nicht geht. Wegen Simone und so. Dann haben wir 'n bisschen gequatscht. Und er hat von dem Aktionsbündnis erzählt und dass er da jetzt erst mal im Keller pennt. Da hatte ich die Idee mit dem Auslandssemester.« Sebastian ließ seinen Blick schweifen und nahm sich eine neue Zigarette aus dem Päckchen.

»Ich rauch eine mit«, sagte Bill, weil er nicht wusste, was er sagen sollte. Er zündete sich die Zigarette an, zog daran und versuchte den Druck des Rauches zu ertragen, ohne zu husten.

»Nimmst du noch Ecstasy?«, fragte er seinen Freund.

Sebastian schüttelte den Kopf. »Falk hat mir ein paar von seinen Zäpfchen gegeben.«

Bill hob fragend die Brauen. »Zäpfchen?«

»Falk ist Epileptiker. Wenn der so 'n richtigen Anfall hat, dann, na ja, Zäpfchen hinten rein und gut. Diazepam. Ist so was Krampflösendes.«

»Krampflösend, ja?«

»Ist auch angstlösend und so scheißegalmäßig.« Sebastian beugte sich zu ihm. »Das schützt dich vorm Leben.«

»Wie bedroht dich denn um Himmels Willen das Leben?«, fragte Bill, immer noch irritiert von den seelischen Nöten seines Freundes.

»Stell dir vor, das Leben steht so vor dir. Unbezwingbar, mit einem fetten Maschinengewehr in den Händen, und sagt dir, was du machen sollst, sonst bumm.« Sebastian knallte seine Handfläche mit aller Wucht auf die Tischplatte und vergewisserte sich unmittelbar danach, ob Simone etwas davon mitbekommen hatte. »Du versuchst also, das alles zu machen, aber irgendwie funktioniert das nicht.« Sebastians Stimme klang mittlerweile weinerlich. So kannte Bill ihn nicht.

»Wie lange ist das denn schon so?«, erkundigte sich Bill, der plötzlich alles, was er die letzten Jahre mit Sebastian erlebt hatte, hinterfragte. Die Partys und Kneipenabende mit ihm waren immer lang und schön gewesen. Aber vielleicht ist er gerade deswegen geflüchtet, dachte Bill. Weil die Nächte so schön waren und die Tage so trostlos.

»Keine Ahnung, das ist alles so langsam angekrochen gekommen«, erwiderte Sebastian und zuckte mit den Schultern. »Und dein Praktikum? Geht das wenigstens seinen Gang?«

»Geht noch drei Wochen.«

Sebastian nickte und Bill war froh, dass sein Freund nicht weiter bohrte. Und genau das, so glaubte Bill, erwartete Sebastian auch von ihm.

Kurz vor Mitternacht kam Simone, setzte sich zu ihnen und strich Sebastian liebevoll über den Kopf. »Deine Haare sind irgendwie fettig. Du musst mal wieder duschen.«

Sebastian stimmte ihr zu und versprach Besserung. Simone nickte und nippte an Sebastians Bier. »Seit wann rauchst du?«, fragte sie Bill.

»Ich rauch nur so.«

Simone ignorierte Bills klägliche Begründung und rief ihrem Kollegen zu, dass sie ein Bier wolle. Dann schlug sie mit beiden Händen auf den Tisch und ließ sich auf den Stuhl fallen, sodass ihre üppigen Brüste auf und nieder wippten. »Schön, dass du früher gekommen bist.« Sie beugte sich zu ihrem Freund und küsste ihn. »Aber jetzt erzähl mal, wie's in Norwegen war. Du hast am Telefon ja nicht so viel erzählt.«

Sebastian sagte, dass er das später machen werde, um Bill nicht zu langweilen. Aber auf Drängen Simones begann er schließlich doch, von der kleinen Stadt nahe Oslo zu erzählen. Er verlor sich in Details und berichtete von seinem angeblichen Semester, von den Kommilitonen und der Sprachbarriere und Bill hörte gespannt zu, so leidenschaftlich, wie Sebastian erzählte. Es schien, als beschriebe er einen großen Traum. Während Sebastian gerade die landschaftlichen Vorzüge Norwegens pries, öffnete Simones Kollege die Eingangstür und entließ die rauchgeschwängerte Luft in die Nacht. Es fühlte sich an wie vor einem viertel Jahr. Als säßen sie hier ohne Zweifel und ohne Not.

20

Die Woche war wie im Flug vergangen. Sie hatten am Feature gearbeitet, die Stimmen aufgenommen, Atmo-Geräusche herausgesucht und schließlich alle Spuren zusammengefügt. Zum ersten Mal hatte Bill so richtig Spaß am Praktikum gehabt. Es war ein Gefühl wie früher, als er beim Radiohören in fremde Welten eingetaucht war. Beim Hören des fertigen Features war er in der Fantasiewelt der Chaostage versunken, die er und Katja darin noch einmal durchlebten, diesmal in zugespitzter Form. Mike hatte ihm beim Hören öfter anerkennend zugenickt, gerade bei Szenen, die Bill entscheidend mitgeprägt hatte. Er war stolz und dankbar, dass Mike seine Vorschläge ernst genommen hatte. Der Sendetermin war bereits am kommenden Sonntag, da das Feature möglichst zeitnah zu den Chaostagen ausgestrahlt werden sollte.

Getrübt wurde seine Stimmung nur durch die Tatsache, dass Katja keinen Studienplatz in Hannover bekommen hatte, stattdessen in Stuttgart. Sie hatte ihn gestern angerufen. Er hatte so getan, als freute er sich für sie. Letztendlich tat er das natürlich, aber er musste sich mit der Situation erst einmal abfinden.

Jetzt war er auf dem Weg nach Fulda. Er saß auf dem Gang und blickte auf die vorbeiziehende Landschaft. Der Interregio fuhr in einen Tunnel und verschluckte das Tageslicht. Er sah sein Spiegelbild im Fenster, dahinter raste die nackte Steinwand vorbei. Der Zug hielt alle zwanzig Minuten an kleinen Bahnhöfen und entließ die Berufspendler ins Wochenende. Nach einer Stunde entdeckte Bill das kleine Kaff und kurz dahinter, an der Bundesstraße, dann auch die Tankstelle, in der alles begonnen hatte.

In Fulda angekommen, durchquerte er die verglaste Empfangshalle zum Bahnhofsvorplatz. Dort sah er Katja und lief ihr entgegen. Sie umarmten sich und gingen die Bahnhofsstraße hinunter. An der nächsten Ampel zog Katja ihn in eine Querstraße und sie schlenderten durch die verwinkelten Gassen der Altstadt. Sie redeten über Belanglosigkeiten. Bill erzählte von dem Wochenende in Damp und dass er froh sei, dass Sebastian wieder in Hannover war. Katja zeigte auf ein Fachwerkhaus, neben dessen Eingangstür ›Zum Stadtwächter‹ stand, und schlug vor, dort einzukehren.

»Ich habe Montag einen Termin beim Studentenwerk. Wegen Wohnheimzimmer und so«, sagte sie, nachdem sie bestellt hatten. »Und ich krieg auch schon den Schlüssel.«

»Brauchst du Hilfe beim Umzug?«, fragte Bill.

»Ist nicht nötig.«

»Wär aber kein Problem. Ich bin in zwei Wochen fertig mit dem Praktikum.«

Katja schüttelte den Kopf. »Danke, ich hab das schon alles organisiert. Wir machen nächstes Wochenende den Umzug.«

»Wir?«

»Sven hilft mit.«

»Der Sven?«

Sie nickte.

»Ach so«, sagte Bill belanglos, da er sich seine Enttäuschung nicht anmerken lassen wollte. In seiner Fantasie spielten sich Bilder ab, die ihn wütend machten. Katja, die mit Sven rummachte. Den er auch noch verteidigt hatte in dem blöden Club. Das hatte er jetzt davon.

»*Ich* hätte dir auch mitgeholfen«, sagte er beinahe trotzig.

»Ich weiß. Aber Sven hat einen Bulli.«

Bill konzentrierte sich auf seinen Teller. Schaufelte die Tortellini von links nach rechts und wieder zurück. Er wusste nicht, wie er sich verhalten sollte.

Nachdem sie gegessen hatten, erzählte er ihr, dass am Sonntagabend das Feature gesendet werde und er sich freuen würde, es gemeinsam mit ihr zu hören.

»Das geht nicht«, sagte sie leise. »Wir fahren Sonntag schon nach Stuttgart.«

»Du und Sven?«

Katja nickte. »Ich hätte es dir am Telefon schon sagen sollen.«

»Hast du was mit Sven?«, fragte Bill.

Sie zuckte mit den Schultern. »Nein, er hilft mir nur.«

»Und ab nächster Woche wohnst du dann in Stuttgart«, stellte Bill fest, als wollte er sich noch einmal vergewissern.

»Ja. Und am ersten September geht das Studium dann los.«

Sie verließen das Lokal und gingen durch die nächtliche Altstadt.

»War's das jetzt?«, fragte Bill, nachdem sie ein paar Minuten nebeneinanderher her gegangen waren. »Mit uns, mein ich.«

Katja drehte sich zu ihm und er dachte, dass alles schön sein könnte. Es hätte ein nächtlicher Spaziergang zweier Verliebter werden können, die sich auf zu Hause freuten, um dort noch einiges anzustellen.

»Es ist so viel passiert.«

»Bei mir auch«, erwiderte er.

»Stimmt, du bist ja bald fertig.«

»Ja. Deswegen hätte ich ja auch jede Menge Zeit, dir zu helfen.«

»Hey, Bill, mir geht im Moment so viel durch den Kopf«, sagte sie, als wollte sie sich entschuldigen.

»Wo gehen wir denn jetzt eigentlich hin?«, fragte er gleichgültig.

»Weiß nicht.«

Wäre er nicht so erschöpft und geplättet von dem Tag gewesen, hätte er ernsthaft überlegt, nach Hause zu fahren, aber so ging er einfach neben ihr her und hing seinen Gedanken nach. Vielleicht hatte er zu viel in das Techtelmechtel hineininterpretiert. Sie hatten sich schließlich nur neun Tage gesehen, einschließlich heute. Der Rest hatte sich in seiner Fantasie abgespielt.

Katja hatte sich verändert. Sie trieb nicht mehr durch die Tage wie er, sie hatte etwas gefunden, was sie mit Leidenschaft verfolgte. Dafür beneidete er sie. Nachdem sie eine ganze Weile stumm durch beliebige Gassen geschlendert waren, traute er sich, die Frage zu stellen, die ihm durch den Kopf ging. »Warum kannst du nicht in Stuttgart studieren und gleichzeitig mit mir zusammen sein?«

»Weil Stuttgart zu weit weg ist. Wir kennen uns jetzt dreieinhalb Monate und haben uns nur dreimal gesehen«, erwiderte sie, als hätte sie auf die Frage gewartet.

»Mit diesem Wochenende viermal«, stellte Bill kleinlich fest.

»Stuttgart ist jedenfalls doppelt so weit weg wie Fulda. Da seh ich das nicht, dass wir uns öfter sehen. Außerdem will ich mich da erst mal einleben.«

Irgendwann waren sie bei Katja angekommen, ohne es geplant zu haben. Bill erschrak über die demontierten Möbel und die Umzugskartons, die gestapelt im Wohnzimmer standen. Jetzt wurde ihm die ganze Endgültigkeit der Sache bewusst. Katja verschwand im Badezimmer. Die ausgezogene Gästecouch war das einzige Möbelstück in der Wohnung, das noch nicht zerlegt war. Er legte sich darauf und schaltete den Fernseher ein, der auf einem der Umzugskartons stand. Es lief ein Film, in dem sich Sascha Hehn mit einer nackten Frau am Strand wälzte. Nichts Genaues war zu sehen, nur dass unter einem Handtuch rumgefummelt wurde. Als Katja aus dem Bad kam, schaltete er um. Sie trug einen Schlafanzug und legte sich in gebührendem Abstand zu ihm. Bill dachte an Rafael, der realen Version des Fernseh-Schiffstewards. Der hatte bestimmt viel erlebt, mit seinem Lebenslauf, zu dem ihm wahrscheinlich niemand raten würde, zumindest nicht seine Eltern. Er dachte noch ein bisschen über Rafael nach, aber eigentlich nur, um einen flüchtigen Gedanken, der wie ein aufgescheuchter Vogel in ihm herumflog, nicht packen zu müssen. Er sammelte die Wörter zu einem Satz ein und malte ihn schließlich auf eine imaginäre Tafel. Traurig las er ihn: Ich bin der Schwanz der Schleiche.

»Was wäre eigentlich gewesen, wenn das mit dem Studium in Hannover geklappt hätte?«, fragte er, als Katja während einer Werbeunterbrechung etwas zu trinken holte.

»Das weiß ich nicht«, erwiderte sie. »Ist doch aber auch hypothetisch.«

Bill dachte an die Frage, die ihm Richard damals gestellt hatte, und über die er sich so aufgeregt hatte. Deretwegen er Katja überhaupt kennengelernt hatte und das alles hier erst losgegangen war, was nun hier auf ihrer Gästecouch endete.

»Weißt du, das ging so schleichend.« Sie drehte sich zu ihm. »Es war echt schön, als ich dich besucht habe. Dann kam die Zusage für Stuttgart und ich habe gemerkt, dass ich dich gar nicht vermisse, also so an dich denke, du weißt schon. Das tut mir echt leid«, hörte er sie sagen. Sie kam etwas näher zu ihm. »Aber ich bin froh, dass ich dich kennengelernt habe. Hörst du, es war trotzdem schön.«

Bill hörte, er hatte jedes Wort verstanden, doch er sagte nichts und versuchte einzuschlafen.

21

Viel zu früh wachte er auf. Durch das vorhanglose Fenster drang das Licht der Morgendämmerung und offenbarte die Realität des Samstagmorgens. Es war aus. Das war sein erster Gedanke. Der zweite war weniger klar und drehte sich darum, wie es weitergehen sollte.

Er beschloss, zumindest so lange zu bleiben, bis sie aufgewacht war, um sich von ihr zu verabschieden. Da er nicht wusste, was er machen sollte, ging er zum Bahnhof, um sich Verbindungen herauszusuchen. Auf dem Rückweg kam er an dem Kiosk vorbei, an dem er damals eingekauft hatte, und holte sich ein Päckchen Zigaretten. Nur für alle Fälle. Eigentlich wollte er noch eine Bäckerei aufsuchen, besann sich dann aber auf das Allroundgeschäftsmodell des Kioskes und kaufte Brötchen.

Während sie frühstückten, schien die Sonne durch das Fenster auf den gedeckten Tisch. Sie würde bald weiterziehen und anderen Leuten auf den Tisch scheinen. Wenigstens gefrühstückt hatte er mit ihr. Das konnte sie ihm nicht vorwerfen, dachte er, und ärgerte sich über seine Gedanken, die genauso gut von seinem Vater hätten kommen können. Katja blickte zu ihm, doch er ignorierte sie und konzentrierte sich pedantisch darauf, dass keine Marmelade vom Brötchen tropfte. Auch so eine Unart, die sein Vater meisterhaft beherrschte, wenn es brenzlig wurde.

»Weißt du, was die entscheidende Frage ist?«, fragte Katja. »Wie will ich leben. Diesen ganzen Tankstellenquatsch will ich nicht mehr haben. Ich will in zehn Jahren nicht hinter dem Tresen stehen und mich ärgern, dass ich es nicht versucht habe.«

»Immerhin weißt du ja, was du willst«, sagte er und beeilte sich, aufzuessen, damit er endlich loskäme. Auch wenn er ganz gerne mal Dinge hinauszögerte, das hier bestimmt nicht. Es war Zeit, zu gehen.

»Ich weiß nicht, ob das die richtige Entscheidung ist mit dem Studium. Aber ich kann nicht darauf warten, bis ich vielleicht mal hundertprozentig weiß, was ich will«, sagte sie. »Oder wie ist das bei dir?«

»Ich will mit dir zusammen sein«, erwiderte Bill.

»Nein, so mein ich das nicht.«

»Wie denn?«

»Wie du insgesamt so leben willst. Auch beruflich und so.«

»Hab ich doch gesagt«, sagte Bill. »Ich will mit *dir* leben. Und dann würde ich mir was suchen.«

Katja stöhnte. Bill aß das Brötchen auf, nahm den Rucksack und verabschiedete sich. Sie strich ihm durch die Haare und wünschte ihm alles Gute, dann brach er auf. Sie winkten sich zu und noch bevor sie die Haustür geschlossen hatte, drehte er sich um und ging Richtung Bahnhof.

An den Straßenbäumen hingen Wahlplakate, auf denen ihn Helmut Kohl aus einer Menschenmasse heiter anlächelte. ›Sicher in die Zukunft‹ stand darauf und Bill erinnerte sich, dass im Oktober Bundestagswahlen waren. Die ersten, bei denen er wählen durfte. Doch der dicke Kohl konnte ihm nicht weiterhelfen. Und der Mann mit dem Vollbart auf dem Wahlplakat daneben auch nicht.

Als er im Zug saß, fiel sein Kopf gegen die Lehne. Vielleicht hätte er sie öfter besuchen sollen, vielleicht hatte er die Treffen zu lange hinausgezögert. War es wirklich das Studium, das ihr so viel bedeutete? Er dachte an den Sonntagnachmittag, den sie vor fast einem Monat am Badesee verbracht hatten und an dem alles schön und hoffnungsvoll gewesen war. All die Trödeleien hatten einen Sinn ergeben, nämlich den nächsten Kuss noch etwas hinauszuzögern und die wohltuende Hitze und den in der Luft liegenden Sonnencremegeruch zu genießen. Sie zu küssen, war leicht, sich mit ihr durch den Tag treiben zu lassen, war leicht und mit ihr zu schlafen ebenfalls. Und jetzt war sie weg.

Bill sah aus dem Fenster. Dörfer und Felder rauschten vorbei und hin und wieder kam eine Stadt, in der der Zug hielt. Je näher Hannover kam, desto größer wurde das schlechte Gewissen, dass er sich um einige Dinge hätte kümmern müssen. Übernächste Woche endete das Praktikum und er hatte noch keine Idee, wie es weitergehen würde. Er hätte Bewerbungen schreiben sollen, wie er es seinen Eltern vorgelogen hatte. Lügen kann ich gut, dachte er vorwurfsvoll, und im Übrigen können sie alle gut lügen. Heiko, Sebastian, womöglich auch Katja, dachte er gehässig. Als liefen sie alle wie Falschgeld herum, als versuchten sie, ihren Eltern, ihren Freunden oder sonst wem ein Leben vorzugaukeln, das von ihnen erwartet wurde.

In Hannover angekommen, fuhr er schnurstracks zu Sebastian. Doch der war nicht zu Hause. Nachdem er mehrmals geklingelt hatte, machte er sich auf den Heimweg. Als er am Marktplatz vorbeikam, fiel ihm wieder das Tanzcafé auf. Das Pappschild mit dem Hinweis der Neueröffnung war einem Teakholzschild gewichen, auf dem die Öffnungszeiten standen. Heute war geschlossen. Er nahm sich vor, Rafael hier bald zu besuchen, und fuhr nach Hause. Er schmiss seinen Rucksack in die Ecke und beschloss, nachher ins Spektakel zu gehen in der Hoffnung, Sebastian dort zu treffen. Oder zumindest Simone, die ihm vielleicht sagen konnte, wo sein Freund war.

Um kurz nach sieben saß er an einem Tisch im Spektakel und aß ein Salamibaguette. Als Simone aus der Küche eilte und an ihm vorbei wollte, hielt er ihr seinen Arm in den Weg. Sie sah ihn fragend an und setzte sich schließlich.

»Ist Sebastian auch hier?«, fragte Bill, der Unheilvolles ahnte.

»Nee, und es ist mir auch scheißegal, wo der ist«, erwiderte sie. »Wusstest du das alles?«

Bill schüttelte den Kopf. »Ich hab das letzte Woche zufällig erfahren.«

»Mag ja sein, dass es ihm scheiße geht. Trotzdem kein Grund, mich so zu behandeln«, klagte Simone.

»Was ist denn passiert?«

»Der ist einfach abgetaucht. Hat nichts gesagt. Und vorhin ist er dann angeschissen gekommen und wollte sich entschuldigen. Aber reden konntest du trotzdem nicht mit ihm. Der war irgendwo anders.«

»Weißt du, wo Sebastian jetzt ist?«

Simone schüttelte den Kopf. »Die letzten Tage war er im Tor.«

Sie tat ihm leid. Er hätte sich noch ein bisschen mit ihr unterhalten, noch mit ihr trinken können, aber das wollte er nicht. Schließlich war er Sebastians Freund, er sollte bei ihm sein.

162

Mit der Bahn fuhr er zum Fischerhof und ging den restlichen Weg zum Tor 1 zu Fuß. Nachdem er die Industriebrache erreicht hatte, durchquerte er eine Unterführung. Hier endeten die Wohnblöcke und die asphaltierte Straße. Gleich rechts neben der Bundesstraße führte ein Kopfsteinpflasterweg, der an den Seiten durch Büsche und Sträucher begrenzt war, zum Technotempel. Zwischen den Steinen bemerkte er Schienen, unter denen Unkraut herauswuchs. Dann, nach ein paar Minuten, erkannte er die ehemalige Maschinenhalle.

In kleinen Grüppchen standen unzählige Besucher vor dem Eingangsbereich. Er stellte sich in die Schlange und nach einer viertel Stunde war er drin. Es war höllisch laut in der überfüllten Halle. Aufmerksam hielt er nach Sebastian Ausschau und glaubte jetzt zu wissen, warum der so gerne hier war. Hier war alles egal. Es gab keine Hintergedanken. Alle waren gut drauf und bewegten sich im Orbit der Zeitlosigkeit. Er konnte mit all den Freaks nichts anfangen, doch er war froh, dass sie hier waren. Ein paar Meter vor ihm hämmerte eine Frau ihren Kopf schnell und rhythmisch in die Luft. Aus ihrem orangefarbenen Overall, dessen Reißverschluss weit geöffnet war, sprangen ihre Brüste heraus und wieder hinein. Trotz der stakkatoartigen Bewegungen erkannte er auf der rechten Seite neben dem Reißverschluss ein blaues Verbotsschild, auf dem eine warnende Hand abgebildet war und das er irgendwo in der Fabrik schon einmal gesehen hatte.

Bill nahm die Musik kaum noch wahr, sie vermischte sich mit den Geräuschen der Halle. Als er von einer Frauenstimme aus seinen Gedanken gerissen wurde, die sich um Rafael und sein Tanzcafé drehten, hatte er nur noch den letzten Gedanken parat: einen verrückt grinsenden Rafael, der seine Hand warnend ausstreckte.

»Was glotzt du denn so auf meine Titten?«, schrie ihn die Technobraut an.

»Zutritt für Unbefugte verboten!«, sagte er so laut, dass er annahm, sie verstünde es.

»Was?«, schrie sie zurück.

»Zutritt für Unbefugte verboten!«

»Eben!«, erwiderte sie garstig und sah ihn herausfordernd an. »Was machst du hier?«

»Warum fragst du?«

»Weil du hier so herrlich teilnahmslos herumsitzt.«

Bill wagte einen Blick auf ihr Dekolleté, das bis zum Bauchnabel reichte. Die Musik lag wie ein angenehmer Klangteppich über ihm und ließ keine klaren Gedanken zu.

»Wie spät haben wir's?«, fragte sie.

»Keine Ahnung«, erwiderte er, »aber ich denke, so ungefähr eins.«

Sie stand auf und Bill folgte ihr, da alles so herrlich unverbindlich war und der Beat eine beschwingte Endlosigkeit hinter sich her zog. Hinter den Parkplätzen stand eine Traube Raver, zu denen sie sich gesellten.

»Du bist doch wohl kein Bulle?«, fragte sie lachend, worauf Bill den Kopf schüttelte und langsam verstand. Sie zeigte auf zwei Typen, die sie zu kennen schien. »Hier ist das Tor zur Blumenwiese!«

Die Luft hatte sich etwas abgekühlt und war eine willkommene Erfrischung nach der stickigen Hitze in der Halle. Er strich sich den Schweißfilm von der Stirn. Sie hatte den Reißverschluss des Overalls mittlerweile hochgezogen und wippte mit ihren Beinen hin und her, bis ein Typ auf sie zukam. Sie gab ihm einen Fünfzigmarkschein und bekam ein kleines Tütchen und einen Zehner zurück. Er wollte sie fragen, wie viele Pillen sie dafür bekommen hatte, doch sie verschwand, ohne ihn zu beachten. Er streunte noch etwas herum und überlegte, wieder in die Halle zurückzugehen, entschied dann aber, sich nahe des Kopfsteinpflasterweges ins Gras zu setzen.

Warum fängt das alles so spät an, dachte er, als er immer mehr Raver sah, die den kleinen Weg zur Halle entlangkamen. Das hatte er noch nie verstanden, warum das alles immer so spät losging. Er schob es darauf, dass die Leute sich erst richtig in Fahrt bringen mussten, aber das wollte er nicht verallgemeinern. Er musste wieder an Katja und ihre fadenscheinige Begründung denken, weshalb sie ihn nicht sehen wollte. Er hatte alle Erinnerungen an sie fest abgespeichert, er spielte sie immer wieder durch. Wie sie in Katjas Bett lagen und zusammen schliefen. Wie sie sich während der Chaostage küssten, wie diese Vertrautheit da war und er insgeheim schon die gemeinsame Wohnung einrichtete. Das Gefühl, wie er sie vermisste, nachdem sie wieder nach Hause gefahren war. Er versuchte, die Gedanken zu verdrängen, und hatte wieder die Titten der Technobraut vor Augen, die er, einmal gesehen, anfassen und küssen wollte. Zutritt für Unbefugte verboten, das wäre der Satz, mit dem er sie ansprechen sollte. Und dann würde sich alles ergeben, dachte er. Wenn Katja einfach so nach Stuttgart ziehen und ihn nicht mehr sehen wollte, fand er es legitim, der Technobraut nachzugieren, er empfand sogar eine stille Genugtuung dabei.

Während er im Gras saß und trotzig seinen Gedanken nachhing, drang eine Stimme aus der Dunkelheit zu ihm, die seinen Namen rief.

»Bill!«

Ein Mann, der an der Spitze einer Dreierkette ging, rief ein zweites Mal seinen Namen.

»Sebastian!« Bill erkannte seinen Freund.

»Ich dachte, du findest Techno scheiße.«

»Jaja, du mich auch.«

»Malte, Michael«, Sebastian zeigte nacheinander auf seine Freunde. »Kennste, glaub ich, noch nicht.«

»Hallo, Malte, hallo, Michael«, begrüßte Bill die beiden Ravergesellen. »Ihr studiert mit Sebastian, oder was?«

»So kann man das auch nennen«, sagte einer der beiden und drehte sich zu Sebastian. »Ist das der aus deinem Kaff?«

»Ja, das ist der aus dem Kaff! Und wer bist du?«, fragte Bill leicht aggressiv. »Malte aus der Muckibude? Oder was soll das mit den Schweißbändern?«

»Hey, ist gut jetzt«, wiegelte Sebastian ab, der schon einigermaßen angeschlagen schien. »Lasst uns erst mal reingehen!«

Malte blieb an einem Tresen stehen. Bill und die anderen gingen weiter und setzten sich auf den Treppenabsatz des Podiums. Die Tanzfläche war proppenvoll und flackerte bunt und rasant im Stroboskoplicht. Wie ein Kaleidoskop, das ständig die Muster und Farben wechselt, dachte Bill und beobachtete das Treiben fasziniert. Er kramte seine Zigaretten aus der Tasche und zündete sich eine an. Während er sich umsah, hoffte er insgeheim, die Frau in Orange wiederzusehen.

Bald hatte er einige Zigaretten geraucht und wurde in seinen Gedanken immer ungerechter zu Katja. Jetzt, wo er das merkte, versuchte er, von dem Selbstmitleidstrip wegzukommen, da kam Malte gerade recht, der ihm einen Becher Wasser in die Hand drückte.

»Ohne Wasser hältst du das nicht durch, so auf E und so«, klärte ihn Sebastian auf, als Bill ihn irritiert ansah.

Sebastian und seine Freunde leerten hastig ihre Becher und verschwanden auf der Tanzfläche. Bill sah seinem Freund nach. Er trank das Wasser in einem Zug aus, löste die leeren Becher ein und holte sich ein Bier. Dann setzte er sich wieder auf die Treppe und ließ sich von der Lautstärke, dem Bollern und dem Flackern beeindrucken.

Irgendwann kam Sebastian, ebenfalls mit einem Bier in der Hand, und setzte sich euphorisch zu ihm. »Ist das nicht geil? Das ist Punk mit technischen Mitteln.«

»Ich hab Simone getroffen!«, sagte Bill.

»Hat sie dir erzählt, dass Schluss ist, ja?«

»Ja, hat sie.«

»Und was hat sie sonst noch erzählt?«

»Simone war scheißesauer. Und irgendwie kann ich das auch verstehen.«

»Was soll das denn? Was kannst du verstehen? Was hat sie denn gesagt?«

»Sie hat gesagt, dass du wieder abgetaucht bist«, schrie Bill der lauten Musik entgegen, um seinem Freund seine Sorgen zu verdeutlichen. »So maulwurfmäßig«, fuhr er fort und machte mit seinen Händen dämliche Schaufelbewegungen. »Das Tor hier ist der Einstieg in das Tunnelsystem. Und das ist bei Maulwürfen ziemlich umfangreich«, redete er sich in Ekstase, »die schaffen sich sogar Ausweichnester.«

»Was redest du denn für 'n Scheiß?«, schrie ihm Sebastian entgegen.

»Jaja, vergiss den Maulwurfscheiß. Schon gut.«

Sie saßen noch eine Weile auf der Treppe und nach einiger Zeit sagte Sebastian: »Ich glaub, ich gehöre nicht in den Scheißtag. Der ist fies und gemein.«

»Ist das so?«, fragte Bill stumpf.

»Das ist so. Weil du nicht weißt, was du den lieben langen Tag machen sollst. Wahrscheinlich hat Simone auch recht. Mit dem Abtauchen und so. Ich fühl mich eigentlich nur in der Nacht wohl. Da geht alles und du fühlst dich irgendwie geborgen. Ich will endlich ein richtiges Leben führen. Aber irgendwie geht das nicht.« Sebastian blickte auf. Er sah gespenstisch aus in dem flackernden, grünen Licht. »Irgendwie fehlt irgendwas.«

»Was denn?«

Sebastian drehte sich einen Stickie und zündete ihn an. »Wenn ich das wüsste.« Er nahm einen tiefen Zug und blies den Rauch mit zusammengekniffenen Augen aus. »Weißt du noch, Raumschiff Enterprise? Das Schutzschild, das sie aktiviert haben, wenn sie durch Strahlennebel geflogen sind.« Sebastian beäugte die Glut seiner Zigarette. »Irgendwie fehlt mir so was.« Er machte mit seiner Hand den Flug eines Raumschiffs nach. »Im zweiten Semester ging das los. Da wurde alles so schwer. Das Hingehen und so. Und irgendwie ist Architektur nichts für mich. Simone war immer so ehrgeizig und hat sich immer so reingehängt in das Studium.«

Bill klopfte seinem Freund auf die Schulter, doch schon im nächsten Moment fand er das nicht mehr angemessen. Es hatte so etwas Beiläufiges, so wie ›Wird schon wieder‹. Dann doch lieber nichts machen, einfach nur dasitzen und zuhören. Und wenn nichts gesagt wird, es dabei belassen. Einfach mal den Senf in der Tube lassen. Das war natürlich auch nur ein Ausdruck der Hilflosigkeit. Aber was Besseres fiel ihm nicht ein.

»So hart wie das Leben kann kein Schwanz sein«, sagte Sebastian plötzlich. »Das sagt Falk immer. So hart wie das Leben kann kein Schwanz sein. Der sagt das nur so. Aber da ist was dran.«

Bill sah seinen Freund an und schmunzelte. Da hat Sebastian mal recht, dachte er und hing seinen Gedanken nach, die alle weit weg schienen, als wären sie durch die Technomusik komprimiert und dadurch unscharf. Sebastian war Tanzen gegangen und Bill beobachtete das Geschehen. Als Sebastian nach einiger Zeit wiederkam und sie so dastanden, schrie Bill seinem Freund ins Ohr: »Gut, dass du wieder da bist« und ehe er sich's versah, verschwand Sebastian auf der Tanzfläche.

22

Er träumte einen wirren Traum von Katja und der Frau in Orange, als er von einem scheppernden Geräusch aus dem Schlaf gerissen wurde. Er erhob sich von der Matratze und schleppte sich zum Telefon, das sich auf der anderen Seite des Zimmers befand. Er nahm den Hörer von der Gabel und presste ihn gegen sein Ohr. Trotz seines desolaten Zustands identifizierte er seine Mutter am anderen Ende der Leitung.

»Ich hätte fast wieder aufgelegt. Wie geht es dir denn?«

»Ganz gut.« Er spürte ein Pochen an seiner Schläfe und erst jetzt bemerkte er die Kopfschmerzen. Seine Kehle war trocken und irgendetwas hinderte ihn daran, tief durchzu-atmen.

»Oder habe ich dich geweckt?«, fragte seine Mutter.

»Nee, nee, ich war im Bad.«

»Ich hab extra erst jetzt angerufen, weil ich ja weiß, dass du am Wochenende auch mal ausgehst.«

Bill ging wieder zur Matratze, neben der sein Wecker stand. Es war 13.30 Uhr.

»Hast du auch schon gegessen?«

»Nein, ich geh gleich zum Türken.«

Während er hoffte, dass seine Mutter nun diesbezüglich nicht mehr nachfragen würde, fiel ihm auf, dass er seit gestern früh nichts gegessen hatte.

»Kochst du dir gar nichts? Das ist doch teuer, immer essen gehen?«

»Das ist ja auch nicht immer«, antwortete Bill. Er spürte seinen schmerzenden Kopf und wurde ungeduldig. »Was willst du eigentlich?«, fragte er und ahnte, dass er damit den unangenehmen Teil des Telefonats einleitete.

»Du bist ja nun in zwei Wochen fertig mit dem Praktikum.«

»Ja!«

»Hast du denn jetzt schon was?«

»Noch nicht so richtig.«

Er hätte diesen Scheißtelefonhörer nicht abnehmen sollen. Seine Mutter würde ihm sagen, dass sie die monatlichen Überweisungen einstellen würden. Und er hatte keine Lust auf Vorwürfe, in denen es nur darum ging, dass er sich hätte kümmern müssen. Vielleicht sollte er sich einfach bei Zenneting bewerben, vorher noch mal mit Rafael sprechen und wenn alles klappte, die Ausbildung beginnen. Er spielte kurz mit dem Gedanken, seiner Mutter zu erzählen, dass er zum Herbst wahrscheinlich mit der Ausbildung bei Zenneting anfangen werde, es ihnen aber eigentlich erst habe sagen wollen, wenn alles klar wäre, und er dachte an Heiko und Sebastian und konnte alles gut nachvollziehen.

»Stefan? Bist du noch dran?«

»Ja.«

»Was meinst du damit?«

»Dass das alles noch nicht richtig klar ist«, hielt er sich die Antwort für einen Moment offen.

»Und was heißt das nun?«, fragte seine Mutter nach.

»Das heißt, dass ich erst mal hierbleibe«, eierte Bill schmerzenden Kopfes herum. Nur nichts Falsches sagen, dachte er, wenn er seiner Mutter jetzt eine Lüge auftischte, würde sich das einerseits durch noch mehr Nachfragen und andererseits der ständigen Angst rächen, seine Kumpels könnten sich verplappern.

»Hast du dich schon beim Arbeitsamt gemeldet?«

»Mach ich noch.«

»Du musst dich doch arbeitslos melden! Und du musst fragen, ob du Anspruch auf Arbeitslosengeld hast, weil du doch Zivildienst gemacht hast.«

»Ja, stimmt, muss ich noch machen«, erwiderte er kleinlaut.

»Vergiss das nicht!«

»Nein.«

Am anderen Ende der Leitung war entferntes Getuschel zu hören. Nach einiger Zeit war seine Mutter wieder am Hörer. »Wir wollten dich noch mal daran erinnern, dass du jederzeit wieder zu uns ziehen kannst. Und«, sie stockte, »wir haben den Dauerauftrag gekündigt.« Sie atmete tief ein und schwieg. Er wollte das Telefonat gerade mit einem kurzen Satz beenden, da meldete sich seine Mutter wieder.

»Hast du schon mit Karsten telefoniert?«

»Ich hab ihn doch erst gesehen.«

»Karsten fängt im September seinen Grundwehrdienst an.«

»Jetzt doch?«

»Musste er noch, so wie ich Frau Türnagel verstanden habe.«

Der arme Kasche. Hatten sie ihn doch drangekriegt. Nun musste er doch noch zum Bund. Wahrscheinlich am Arsch der Welt.

»Wo denn?«, fragte Bill.

»Ach, das weiß ich gar nicht«, erwiderte seine Mutter und schob gleich noch eine Neuigkeit nach. »Und Heiko hat sein Studium abgebrochen, aber das weißt du ja bestimmt schon. Der macht jetzt eine Krankenpflegerausbildung. Wär das nichts für dich? Du hast doch auch so was in deinem Zivildienst gemacht.«

»Erstens hab ich so was nicht während des Zivildienstes gemacht und zweitens musst du dir keine Gedanken darüber machen, was ich machen werde«, sagte Bill nicht allzu genervt, meinte sie es im Tiefsten ihres Herzens doch nur gut.

»Es kann doch nicht so schwer sein, was zu finden«, seufzte seine Mutter. Bill griff eine Wasserflasche und nahm einen langen Schluck.

»Wie geht's eigentlich Sebastian?«, fragte seine Mutter. »Weil der doch in Schweden war.«

»Norwegen!«

»Was?«

»Sebastian war in Norwegen, nicht in Schweden«, faselte Bill, ohne ein schlechtes Gewissen zu haben.

»Ich hab Frau Müller nämlich heute früh beim Friseur getroffen«, sagte seine Mutter. »Sebastian wollte eigentlich seine Eltern besuchen, aber da ist wohl was dazwischengekommen.«

Bills Schädel brummte. Lange würde er dieses sinnlose Gespräch nicht mehr ertragen.

»Na ja, wer weiß«, redete sie weiter, als Bill nichts sagte. »Ihr habt viel zusammen gespielt früher.«

»Was meinst du denn jetzt damit?«

»Du hast selten wen mitgebracht. Hast oft alleine in deinem Zimmer gesessen und Radio gehört. Und ich glaube,

Sebastian war auch eher … nicht so mit den anderen Kindern zusammen.«

»Na ja, wie dem auch sei«, leitete Bill, dem das alles nicht geheuer war, das Ende des Telefonates ein, »dann wünsch ich euch auf alle Fälle noch einen schönen Sonntag.«

»Ach, Stefan, wenn du nur mal wüsstest, was du willst«, seufzte seine Mutter.

»Ich muss jetzt Schluss machen«, sagte er, von den fahrigen Vorwürfen seiner Mutter genervt. »Ich muss langsam was essen«, sagte er, obwohl er eigentlich dringend auf's Klo musste.

»Ja, das mach mal«, sagte sie. »Und komm mal wieder vorbei.«

»Ja«, erwiderte er versöhnlich. »Und grüß Papa.«

»Das werde ich machen. Tschüüüß!«

Bill legte auf und ließ sich mit dem Rücken auf die Matratze plumpsen. Er hörte sein Herz schlagen und irgendwie schien alles mit einer Langsamkeit aus ihm herauszukriechen, was er gestern Abend zu sich genommen hatte. Die Zigaretten, der Alkohol – er überlegte, ob noch andere Drogen im Spiel gewesen waren, aber er erinnerte sich nicht, was auch kein beruhigendes Zeichen war.

Bill stand auf, schleppte sich zum Klo und öffnete die Tür. Er erschrak. Nicht vor dem, was er dort auf dem Klo hocken sah, sondern vor der Tatsache, dass Sebastian bei ihm übernachtet hatte und er es nicht mehr wusste.

Sebastians Unterarme waren auf den Beinen abgestützt und sein Kopf hing schlapp zwischen den Schultern. Bill rüttelte ihn wach, bis er im Halbschlaf das Bad verließ, sodass sich Bill endlich hinsetzen konnte.

»Hast du was von Heiko gehört?«, rief er durch die Badezimmertür in das Zimmer, in dem Sebastian sich, dem

Geräusch nach zu urteilen, auf die Matratze geschmissen hatte.

»Der hat was gekriegt als Bettenschieber«, rief Sebastian zurück.

»Hat er tatsächlich?«

»Ja, und ich glaub, ich werde auch wieder nach Damp gehen. Da kann ich erstmal in der Bettenzentrale pennen«, sagte er, nachdem Bill zurück ins Zimmer gekommen war. »Falk wird nach seinem Zivildienst übernommen. Der macht irgendwas mit Behinderten und sagt, die suchen noch. Mal sehen, vielleicht bewerb ich mich da mal. Du hast doch auch sowas gemacht, oder?«

»Ja.«

»Und?« Sebastian sah ihn erwartungsvoll an.

»Die Erzieherinnen waren so fraurottenmeiermäßig drauf. Da verweigerst du und stößt bei deiner Zivistelle auf die gleichen Methoden wie beim Bund. Nur dass du auf der anderen Seite stehst und den Behinderten die Befehle erteilst. Da hab ich keinen Bock drauf, mit solchen Nazi-Gouvernanten zu arbeiten.«

»Falk sagt, dass wäre ganz gut. Irgendwie was Sinnvolles. So mit Menschen und so. Vielleicht ist das ja was für mich«, sagte Sebastian. »Ist es okay, wenn ich noch ein paar Tage bei dir penne? Nur die nächsten Tage.«

»Ja, meinetwegen.«

Nachdem Bill geduscht hatte, schlug er vor, was essen zu gehen. Er wollte auch so ein Sonntagsessenhappeningding wie bei seinen Eltern haben. So ein spießiges Sonntagsessen mit allem Pipapo. Sozusagen als kulinarischer Anker nach all dem Durcheinander. Während er darüber nachdachte, wo es gutbürgerliche Küche gab, kam ihm die Idee, Rafael in dem ehemaligen Tanzcafé zu besuchen. Dabei könnte er gleich noch sein Gewissen erleichtern und ihn fragen, ob es aktuell berufliche Möglichkeiten bei Zenneting gebe.

Während sie in die Innenstadt gingen, rekonstruierten sie die letzte Nacht und es stellte sich heraus, dass Michael irgendwann mit der Frau in Orange zu tanzen begonnen hatte. Er wäre fast, daran erinnerte sich Bill jetzt, zu ihr gegangen und hätte sich so richtig zum Affen gemacht. Aufgehalten hatte ihn Sebastian, der ihn dann auch gebremst hatte, als er lautstark verkündete, er fahre zurück nach Fulda und werde Katja davon abhalten, in ihr Unglück zu rennen. Dann hatte er seinem Freund von Katja erzählt, ziemlich breit und ausführlich, jedes Detail, das ihm eingefallen war, und Sebastian hatte zugehört und dafür war er ihm dankbar.

Das alte Tanzcafé Sehnsucht strahlte im Licht des Sonntagnachmittags, als Bill und Sebastian eintraten. Hinter dem Tresen schloss sich ein großer Raum an, in dem acht Tische standen. Die Wände erstrahlten in der indirekten Beleuchtung weiß in unterschiedlichen Facetten, im Hintergrund dudelte elektronische Musik. Rafael kam gerade aus der Küche. Er trug eine schwarze Weste über einem faltenfreien weißen Hemd. Nichts an ihm ließ vermuten, dass er unter der Woche ein Fabrikmalocher war, er hatte wieder mehr vom Schiffssteward und der großen weiten Welt. Rafael freute sich, Bill zu sehen und wies ihnen einen der wenigen freien Tische zu.

»Cappuccino?«, fragte er. »Handgemacht und extrem lecker. Geht aufs Haus.« Er zwinkerte Bill zu, der stolz war, jemanden wie Rafael zu kennen.

»Die Speisen der Woche stehen dort«, Rafael zeigte auf eine Schiefertafel, die an der Wand hing.

»Drei Gerichte? Ist das nicht ein bisschen wenig?«, kommentierte Sebastian die mit Kreide beschriebene Tafel.

Rafael musterte ihn von oben bis unten. »Als ich damals auf See unterwegs gewesen bin, gab es auch nur drei Gerichte. Und weißt du was?« Er sah ihn an, als hätte er ihm eine unlösbare Aufgabe gestellt. »Die Leute sind trotzdem gekommen. Also, ich empfehle Saltimbocca mit Serviettenknödeln und Pflaumensoße.«

Als Rafael in die Küche gegangen war, erzählte Bill, wie er ihn kennengelernt hatte in der Fabrik und dachte, dass es irgendwie gut war, wenn man was zu erzählen hatte. Und wenn er so zurückblickte, hatte er im letzten halben Jahr so einiges erlebt. Er erzählte Sebastian noch von dem Feature, das heute Abend ausgestrahlt wurde und das er unbedingt hören wollte.

Nachdem Rafael ihnen das Essen serviert hatte, setzte er sich zu ihnen und Bill nutzte die Gelegenheit, ihn zu fragen, ob er die Industriemechanikerausbildung bei Zenneting empfehlen könne.

»Da ist wahrscheinlich schon Bewerbungsschluss«, sagte Rafael und sah Bill ernst an. »Meinst du, das ist was für dich?« Er ließ ihm Zeit zum Nachdenken. »Falls du Heimweh haben solltest, in den Herbstferien braucht Zenneting bestimmt wieder Aushilfen.«

»Mal sehen«, erwiderte Bill und fühlte sich wieder wie ein Schuljunge, der vergessen hatte, seine Hausaufgaben zu machen.

Wie geht's deiner Süßen?«, wechselte Rafael das Thema.

»Seit gestern ist es aus«, erwiderte Bill lapidar.

»Das tut mir leid.«

»Halb so wild«, erwiderte Bill. Von wegen, dachte er, Katja ist weg. Futschikato. Sebastian ist nächste Woche ebenfalls wieder weg und in zehn Tagen ist das Praktikum vorbei.

»Als mich meine erste Freundin verlassen hat«, erinnerte sich Rafael, »hab ich alles hingeschmissen. Meine Stelle als Koch, alles. Und bin dann als Steward auf das Kreuzfahrtschiff.« Rafael wurde ein wenig sentimental. »Das erste Mal ist immer ein Abenteuer. Weil du's zum ersten Mal erlebst. Egal ob das die erste Liebe ist oder die erste eigene Wohnung oder«, Rafael lachte, »der erste Job in einer Fabrik. Und Abenteuer gehen nun mal auch schief. Sonst hätte Kolumbus nicht Amerika entdeckt.«

Aus der Küche rief Rafaels Kollege, dass er Hilfe brauche. Rafael entschuldigte sich und sagte, dass er sich in sein neues Abenteuer schmeiße.

Sie hatten Sebastians Klamotten abgeholt und dann das Feature gehört. Bill war ganz aufgeregt gewesen, das alles noch mal zu hören. Er war richtig stolz auf sein Feature. Sebastian hatte nicht viel dazu gesagt, aber das war normal bei ihm. Er hatte gesagt, dass es ihm gefalle, und mehr nicht. Dann waren sie in die Grotte gegangen, um Simone nicht zu begegnen und dem Sonntag am Ende des Tages die Schwere zu nehmen.

»Weißt du noch, wie das früher alles so war?«, fragte Bill, der an das Telefonat mit seiner Mutter dachte. »Ich meine, was wir so gemacht haben.«

»Na ja, wir waren mit Kasche und Heiko unterwegs. Auf den Partys in Wittingen. Nachts mit dem Fahrrad durchs Moor. Weißt du noch, als wir uns aufs Mett gelegt haben und einfach eingeschlafen sind? Oder als wir an der Grenze waren, da wo man den geilen Blick auf Waddekath hat, und die erste Zigarette geraucht haben«, schwärmte er. »Als wir den Grenzern den Arsch gezeigt haben und die dann im Zickzackkurs zum Grenzzaun gelaufen sind und der Typ auf dem Wachturm sein Gewehr auf uns gerichtet hat.«

»Weil du mit einem ziemlich dicken Stock auf die beiden gezielt hast«, erwiderte Bill und freute sich über die Erinnerung. »Und Heiko hatte dann irgendwann keine Zeit mehr, weil er Bass gespielt hat bei …? Wie hießen die?«

»My Lovely Mister Singing Club«, fiel Sebastian sofort ein.

»Ja, genau. My Lovely Mister Singing Club, die haben sogar einen Auftritt gehabt, war das nicht in der Schänke?«

»Au Mann, das ist echt lange her. Ich weiß nur noch, dass Kasche dann irgendwie nicht mehr dabei war.«

»Na ja, Kasche hat viel mit den Brockamps gemacht und du konntest Christian nicht ab«, beschrieb Bill die Situation aus seiner Sicht. »Kasche wird nächsten Monat übrigens eingezogen, wusstest du das?«

»Ich dachte, die haben ihn vergessen«, sagte Sebastian erstaunt. »Wo muss er denn hin?«

Bill zuckte mit den Schultern. »Ich hab's vorhin von meiner Mutter erfahren. Die wusste auch nicht mehr.«

»Scheiße«, sagte Sebastian, »ist eigentlich aber auch furzegal, wohin du eingezogen wirst.« Er starrte auf seine Hände, die sein Bierglas umklammerten. »Das Schlimmste ist, dass du keinem, noch nicht einmal deinen Eltern erzählen kannst, wie schlimm das alles ist. Weil dir das keiner glaubt. Weil die alle denken, das kann so schlimm nicht sein. Sonst wär es ja verboten.«

23

Am vergangenen Samstag war Sebastian von seinen Krawallgefährten abgeholt worden. Sie waren ins Ruhrgebiet
weitergefahren, wo sie gegen einen Naziaufmarsch de-
monstrieren wollten. Bill hatte den Sonntag verdödelt,
rumgemurkst, darauf gewartet, dass der Abend kam, und
dabei bemerkt, wenn man richtig viel Zeit hat, schafft man
am wenigsten. Es gab auch irgendwie nichts zu tun, außer
die eigene Existenz zu sichern.

Jetzt war er auf dem Weg zum Arbeitsamt und dachte
wieder an früher und an die Grenze, wo sie oft gesessen
hatten, bierhaltige Limonade getrunken und über das Leben
philosophiert hatten. Welche Mädchen sie scharf fanden,
was sie machen wollten und so. Eigentlich hatten sie damals schon nicht gewusst, was sie machen sollten. Sebastian
hatte gesagt, er würde erst mal studieren, und da er fasziniert war von Brücken und Hochhäusern, hatte er mit Architektur angefangen. Bill hatte ›Radiomoderator‹ gesagt,
weil er die so toll fand.

Nach der Grenzöffnung hatten sie dort immer noch gesessen, vor dem Grenzstreifen in Rade. Sie hatten dem
Aufbau Ost zugesehen, richtiges Bier getrunken und über
ihre Erfahrungen mit dem weiblichen Geschlecht fabuliert.

Das war erst zwei Jahre her. Und in den zwei Jahren hatte sich so viel verändert. Ehe man sich's versah, war man erwachsen und wusste immer noch nicht, was man machen sollte. Dann kam das schlechte Gewissen, weil man alle Möglichkeiten hatte und nichts damit anfangen konnte.

Er hatte das Arbeitsamt erreicht und reihte sich in eine Schlange von Menschen ein, um sich arbeitslos zu melden. Als er endlich an der Reihe war, bat man ihn um seinen Personalausweis, er musste ein paar Fragen zum Werdegang beantworten und wurde schließlich in die zweite Etage geschickt. Er zog eine Nummer und wartete eine halbe Stunde, bis er dran war, dann betrat er das ihm zugewiesene Büro und setzte sich nach einer knappen Begrüßung.

»Ich wollte mich arbeitslos melden«, begann er, nachdem die Arbeitsvermittlerin ihm mit einem Blick bedeutet hatte, dass er nun ihre volle Aufmerksamkeit habe.

»Arbeitslos oder arbeitssuchend?«, fragte sie.

»Na ja, arbeitssuchend auch«, sagte Bill. »Gibt es da einen Unterschied?«

»Stefan Fehsenberg. Ah, hier sind Sie«, sagte sie laut vor sich hin und glich am Bildschirm die Daten ab. »Es kommt drauf an, zu wann Sie sich arbeitslos melden wollen.«

»Zum ersten September.«

»Das ist ja schon übermorgen«, sagte die Arbeitsvermittlerin und blickte streng über den Rand ihrer Brille. »Also arbeitslos!«

Bill nickte ihr verschämt zu. »Hätt ich eigentlich schon längst machen wollen.«

»Das höre ich von vielen. Und wissen Sie, was ich dann immer unter ›Bemerkung‹ in die Karteikarte geschrieben habe?«

Bill schüttelte den Kopf.

»Prokrastination. Aber seit wir auf EDV umgestellt haben, weiß ich gar nicht, wo ich das hinschreiben soll.«

Die Arbeitsvermittlerin, sie hieß Frau Wittich, wie Bill auf einer Visitenkarte entdeckte, fragte seinen bisherigen Lebenslauf ab. Schaute auf den Bildschirm, rauf und runter, runter und rauf und fuhrwerkte mit der Maus herum. »Arbeitslos gemeldet waren Sie noch nicht?«

»Nein«, erwiderte Bill.

»Auch nicht vor dem Zivildienst?«

»Nein.«

Frau Wittich tippte zügig auf der Tastatur und blickte auf, als sie fertig war. Währenddessen richtete sie ihre Brille mit Daumen und Zeigefinger und lächelte ihn flüchtig an. »Dann hab ich Sie jetzt aufgenommen. Sie sind jetzt arbeitslos gemeldet.«

Frau Wittich sah zufrieden aus. Sie wandte sich vom Bildschirm ab und drehte sich mit dem Schreibtischstuhl zu Bill. »Was suchen Sie denn?«

»Tja …«, sagte Bill. »Ich weiß es nicht. Ich weiß nicht so genau, was ich machen will.«

»Soll das so in Richtung Radio gehen, wegen des Praktikums?«

»Muss ich mal sehen.«

»Wissen Sie denn schon, ob Sie eher eine Ausbildung oder ein Studium machen wollen?«

»Wahrscheinlich eher ein Studium«, sagte Bill, um die Antwort ein wenig zu präzisieren.

»Eine Ausbildung bekommen Sie dieses Jahr auch nicht mehr. Und ein Studium, wenn Sie noch gar nicht wissen …«, Frau Wittich spielte mit einem Kugelschreiber herum, »... ich würde Ihnen gerne einen Termin für die Berufsberatung geben.«

»Ja, das wär vielleicht ganz gut«, erwiderte Bill.

»Das macht ein Kollege, Sie bekommen den Termin dann per Post zugesandt.« Frau Wittich wandte sich wieder dem Computer zu. »Ich mach Ihnen jetzt noch die Unterlagen fertig. Da steht dann drin, welche Nachweise wir von Ihnen benötigen. Dann war's das erst mal.«

»Brauchen Sie noch die Bankverbindung oder so?«, fragte Bill, während er Frau Wittich zusah, wie sie Papier in den Drucker legte.

»Die müssen Sie in den Unterlagen angeben, aber erst mal geht's ja darum, dass wir Ihnen helfen, das Richtige zu finden.«

»Können Sie trotzdem schon so ungefähr sagen, wie hoch das Arbeitslosengeld sein wird?«

»Herr Fehsenberg!« Sie blickte ihn an und rückte wieder ihre Brille zurecht.

»Ja?«, fragte Bill irritiert nach.

»Sie haben keinen Anspruch auf Versicherungsleistungen.«

»Wie bitte?«, fragte Bill, obwohl er ihre Worte genau verstanden hatte.

Frau Wittich schüttelte den Kopf. »Sie haben noch gar nichts in die Arbeitslosenversicherung eingezahlt. Deswegen haben Sie auch keinen Anspruch.«

Bill wurde plötzlich heiß. Die Hitze kletterte innerhalb von Sekunden in seinen Kopf. »Wie? Und der Zivildienst?«

Frau Wittich schüttelte den Kopf. »Nicht in Ihrem Fall. Das Bundesamt für Zivildienst hätte Beiträge an die Arbeitslosenversicherung gezahlt, wenn Sie sich mindestens zwei Monate vorher arbeitssuchend gemeldet hätten.«

»Aber da ging ich ja noch zur Schule.«

Frau Wittich nickte. »Eben.«

Bill überschlug in Gedanken seinen Kontostand. Er müsste noch siebenhundert Mark auf dem Girokonto haben, davon konnte er gerade mal die Miete für September bezahlen und mit Ach und Krach durch den Monat kommen.

»Ich brauche dringend einen Job«, sagte Bill mit fester Stimme. »Erst mal einen Aushilfsjob oder so.«

»Da schau ich jetzt noch nach.« Sie scrollte und schob die Maus auf der Schreibtischplatte hin und her, bis sie zufrieden das Eingabegerät losließ. »Hier. Lager und Transport. Spedition Neumann. Ab sofort. Ich druck Ihnen das mal aus.«

»Danke«, erwiderte Bill.

Frau Wittich lächelte ihn an. »Keine Ursache, dafür bin ich ja da. Ich drucke Ihnen auch die anderen Unterlagen aus, den Berufsberatungstermin bekommen Sie dann zugeschickt.«

Abschließend drückte sie die Maustaste und blickte gespannt auf den Drucker. »Wenn ich bedenke, dass wir das vor ein paar Wochen noch alles per Hand ausgefüllt haben. Das ist eine echte Erleichterung, aber bis man sich damit zurechtfindet.« Sie lächelte ihn an. »Selbst wenn ich wollte, wüsste ich nicht, wie und wo ich jetzt eine Bemerkung reinschreiben könnte.«

»Was würden Sie denn reinschreiben?«, fragte Bill neugierig.

»Nichts. Und wenn ich merken würde, dass Sie schluren, würde ich Prokrastination vermerken.«

»Was heißt das?«

»Das sagt man, wenn einer nicht in die Pötte kommt. Aufschieberitis! Aber da mach ich mir bei Ihnen keine Sorgen. Sie werden ja heute noch in der Spedition anrufen.« Sie nahm die Bögen aus der Papierablage des Druckers und gab sie ihm.

Bill bedankte sich und war froh, als Frau Wittich sich von ihm verabschiedete. Sie hatte ihn durchschaut. Bisher hatte sich alles gefügt. Nach dem wenig glorreichen Schulabschluss hatte er über Bekannte seiner Eltern die Zivildienststelle bekommen. Beim Suchen der Praktikumsstelle hatte ihm Sebastian geholfen. Jetzt musste er sich das erste Mal selber kümmern.

Auf dem Weg zur Bahnhaltestelle sah er an einer Apotheke eine LED-Anzeige. Sie zeigte einundzwanzig Grad an und es war gerade mal 10.00 Uhr. Er hatte Veronika gesagt, dass er spätestens gegen Mittag im Funkhaus auftauchen würde. Also beschloss er, sich eine Bäckerei zu suchen, um erst mal zu frühstücken.

24

Die Botentour war erledigt. Bill saß in der Teeküche, trank Kaffee und las eine Urlaubspostkarte von Mike, der mit seiner kleinen Familie den Sommerurlaub auf Pellworm verbrachte. Er heftete die Karte an die Pinnwand und trank den Rest Kaffee aus. Dann ging er durch die Redaktionen, um sich von den Kollegen zu verabschieden. Kurz vor drei ging er ein Stockwerk höher, um sein Praktikantenzeugnis von Brennhäuser abzuholen. Er war froh, dass das Praktikum vorbei war. Vergessen war die dröge Zeit in Veronikas Büro, in der er mit einer Mischung aus Langeweile und Folgsamkeit die Kalfaktorarbeiten erledigt hatte. Morgen würde der Radioalltag ohne ihn weitergehen und die wenigsten würden ihn vermissen.

Brennhäuser reichte ihm das Zeugnis. Nachdem Bill es überflogen hatte, fragte Brennhäuser, wie es für ihn weitergehen werde.

»Wahrscheinlich jobbe ich erst mal«, erwiderte Bill, der gleich gestern die Bewerbung für den Lagerjob abgeschickt hatte.

Brennhäuser nickte. »Hat Ihnen das Praktikum eigentlich etwas gebracht?«

»Ich hatte überlegt, Journalistik zu studieren. Aber das geht hier in Hannover nicht«, erwiderte Bill.

»Sie können auch über andere Studiengänge in den Journalismus einsteigen und dann ein Volontariat machen.« Brennhäuser sah Bill mit einem Schmunzeln an.

»Ja, ich weiß«, sagte Bill, der sich mit Mike schon mal darüber unterhalten, aber verdrängt hatte, sich näher damit zu befassen.

»Zielstrebigkeit ist nicht gerade die Eigenschaft, die Sie umfänglich charakterisiert, oder?« Brennhäusers Grinsen wurde breiter.

Bill fühlte Wut in sich hochsteigen. Das wollte er so nicht stehen lassen, aber was sollte er sagen? Brennhäuser hatte recht. »Ich würde sagen«, erwiderte Bill, »das Teilziel ist erreicht.«

Brennhäuser lachte und strich mit dem Finger über seinen Schnäuzer, als wollte er sich vergewissern, dass er noch da war. »Ich habe mir übrigens das Feature angehört. Das haben Sie gut hinbekommen. Herr Kuczynski sagte, Sie hätten die entscheidenden Ideen gehabt. Auch die O-Töne von der dpa. Gut gemacht. Das hat alles auf den Punkt gepasst. Die CDU gibt dem Innenminister die Schuld. Das Innenministerium macht die Polizei verantwortlich. Und die Verantwortung hat der Polizeichef übernommen, indem er kurz vor seiner Beförderung zurückgetreten ist.« Er schlug mit seiner flachen Hand auf die Schreibtischplatte. »Eine Farce, da wird der Schwarze Peter immer schön weitergereicht. Haben Sie sich das als Arbeitsprobe überspielt?«

Bill nickte. Brennhäuser stand auf und ging um den Schreibtisch zu ihm. »Die Niedersächsische Welle sucht übrigens studentische Aushilfskräfte als Kabelträger. Kam die Woche als Rundlauf rein. Ich dachte, das könnte Sie interessieren. Falls Sie doch studieren wollen.« Brennhäuser ging zum Wandkalender und riss das Augustblatt ab. Er ging wieder zu Bill und kam ihm so nah, dass er sein Mundwasser riechen konnte. »Auf Wiedersehen, Herr Fehsenberg«, er gab Bill einen festen Händedruck und lachte kurz auf. »Und haben Sie immer das nächste Teilziel im Blick.«

Bill verließ das Funkhaus. Er musste irgendwohin, wo nicht sein Zuhause war. Gewohnheitsgemäß wäre er ins Spektakel gegangen, aber auf Simone wollte er nicht stoßen. Sie würde ihn mit Fragen über Sebastian nerven. Der Einzige, zu dem er gehen konnte, war Richard, von dem er nur wusste, dass er im Studentenwohnheim nahe der Uni wohnte.

Er fuhr mit der Straßenbahn Richtung Universität. Bis zum Wohnheim fragte er sich durch, suchte Richards Nachnamen auf dem Klingelschild und schellte mehrere Male ohne Erfolg. Dann ging er erst in das nahe gelegene Kuriosum und schließlich ins Klein Kröpcke, wo er mit Richard gewesen war, bevor er seinen Kurzurlaub angetreten hatte. Tatsächlich sah er Richard zeitungslesend am Tresen sitzen und klopfte ihm von hinten auf die Schulter.

»Hey, Bill!«, sagte Richard und drehte sich erschrocken um. »Du hier und nicht in Hollywood?«

»Immer noch der alte Scherzkeks«, erwiderte Bill und setzte sich auf den Barhocker. »Ich dachte, ich besuch dich mal. Ist aber gar nicht so leicht, wenn man keine Adresse oder Telefonnummer hat.«

Richard holte stolz ein mobiles Telefon aus seiner Tasche. »Hab die Schnauze voll von dem Etagentelefon. Gib mir mal deine Nummer.« Er fummelte an seinem Mobiltelefon herum.

»Ich dachte, die hast du?«

»Irgendwie nicht mehr, aber dank dem hier«, er hielt das Mobiltelefon in die Höhe, »ist die Zettelwirtschaft jetzt ja vorbei.«

Nachdem Bill ihm seine Telefonnummer gegeben und Richard ihm seine auf einen Bierdeckel geschrieben hatte, erwähnte Bill, dass heute sein letzter Praktikumstag gewesen sei.

»Und jetzt? Weißt du schon, was du machen willst?«

Je öfter er diese Frage hörte, desto mehr verdrängte er die Antwort. Alles war möglich, es gab hunderte Berufe, es war wie das Suchen nach der Nadel im Heuhaufen. Doch mittlerweile konnte er immerhin einige Berufe ausschließen und er hatte sich während der Straßenbahnfahrt überlegt, dass es gar keine so schlechte Idee wäre, der Studentenjob als Kabelhelfer. Er würde Geld verdienen und könnte mal sehen, wie das so ist, wenn man studiert.

Bill erzählte Richard von dem Studentenjob und seinen Plänen.

»Das ist gut. Ich wollt mich jobmäßig eh umorientieren. Hab keinen Bock mehr auf diesen Schweinepuff mit Kaltakquise und den Scheißüberstunden. Ende im Gelände«, beendete Richard seine Missmutsbekundung und schlug mit der flachen Hand auf die Tischplatte.

»Voraussetzung ist eben nur, dass ich irgendwas studiere«, brachte sich Bill wieder ein und äußerte die in der Straßenbahn gereifte Idee, so wie Richard Soziologie zu studieren. Damit könnte er dann auch ein Volontariat beim Radio machen. Plötzlich war alles klar und er wunderte sich, dass er erst jetzt darauf gekommen war.

Eine halbe Stunde später saßen sie im Immatrikulations-amt, das sich im Hauptgebäude der Universität befand. Bill fragte, ob er sich noch für ein Soziologiestudium einschrei-ben könne. Der Sachbearbeiter fand nach einigen Maus-klicks heraus, dass noch Plätze frei waren, und fragte, was er noch nehmen wolle.

»Wie, was noch?«, fragte Bill und drehte sich hilflos zu Richard. Der Sachbearbeiter half ihm auf die Sprünge. »Na, noch ein Hauptfach. Oder zwei Nebenfächer.«

»Wie hast du das denn gemacht?«, fragte Bill seinen Freund.

»Ich hab Politik als zweites Hauptfach genommen.«

»Das kann ich Ihnen jetzt schon sagen, da geht nichts mehr«, mischte sich der Sachbearbeiter ein.

Bill schenkte ihm wieder seine volle Aufmerksamkeit, wohl wissend, dass er ihm hilflos ausgeliefert war, da er sich mit den Zulassungskriterien nicht auseinandergesetzt hatte. Natürlich nicht. Prokrastination, ging es ihm durch den Kopf und er hatte eine vorwurfsvoll blickende Frau Wittich vor Augen, die auf einer Geschworenenbank neben seiner Mutter und Brennhäuser saß. »Was geht denn noch?«, frag-te Bill und verdrängte den unwillkommenen Gedanken.

»Warten Sie mal«, der Sachbearbeiter bewegte die Maus hin und her und blickte konzentriert auf den Bildschirm. »Also, es sind noch Plätze in Pädagogik und Geschichte frei.«

»Dann nehme ich Pädagogik als Zweitfach«, sagte Bill spontan.

»Als zweites Hauptfach«, korrigierte ihn der Sachbear-beiter und holte ein paar Zettel aus der Schreibtischschub-lade. »Dann müssten Sie diesen Zulassungsantrag vollstän-dig ausfüllen und bis Freitag hier einwerfen.«

Bill bedankte sich, nahm die Zettel und verstaute sie in seinem Rucksack. Sie verließen die Universität und schlenderten durch den Georgengarten. Bill schlug vor, den Antrag gleich hier auszufüllen, was sie dann auch taten. Anschließend brachte er ihn flugs zurück zum Immatrikulationsamt und warf ihn in den Briefkasten.

Als er wieder im Park angekommen war, legte er sich zu Richard ins Gras, schloss die Augen und fühlte sich geerdet und ohne Zweifel. Es war tröstlich, dass es Leute wie Rafael oder Mike gab, die ihm Mut gemacht hatten, zuversichtlich in die Zukunft zu blicken, und ihm neue Möglichkeiten aufgezeigt hatten. Anders als seine Eltern, denn die konnten sich nicht vorstellen, wie es ist, heute jung zu sein. Sie konnten sich kein Leben vorstellen außerhalb ihrer kleinbürgerlichen Idylle mitsamt ihrem spießigen Haus, in dem nur Dudelmusik von Dudelsendern lief.

Gleich morgen würde er sie anrufen und ihnen mitteilen, dass er studieren werde. Sie würden nicht begeistert sein. Wenn überhaupt ein Studium, dann würde in ihren Augen wahrscheinlich nur Maschinenbau infrage kommen, weil sie mit dem Beruf des Ingenieurs etwas anfangen konnten. Bei Soziologie und Pädagogik würden Fragen kommen, was man denn beruflich damit machen könne, und es würde dauern, sie zu überzeugen. Das war ihm jetzt aber auch egal. Er hatte mittlerweile den Mut, sich vermeintlich vernünftigen Ratschlägen zu entziehen.

Noch während er das dachte, wunderte er sich über seine Begeisterung und plötzlich war er sich sicher, wirklich studieren zu wollen. Der Knoten war geplatzt, oder hatte sich zumindest etwas entwirrt.

»Ich bin irgendwie angekommen«, sagte Bill euphorisch. »So angekommen, dass es weitergehen kann.«

Das verstand Richard als Zeichen des Aufbruchs, rappelte sich auf und schlug vor, weiter Richtung Weddigenufer zu gehen. Flussabwärts erkannte Bill die Brücke, die die Polizei während der Chaostage verbarrikadiert hatte.

»Da hinten ist das passiert. Da haben die Bullen die Brücke abgesperrt. Als die Chaostage waren.«

»Du warst auf den Chaostagen?«

»Beruflich«, stellte Bill klar, da er nicht zu den Leuten gehören wollte, die als Demotouristen auf solchen Veranstaltungen mitliefen. Er erzählte Richard von dem Wochenende im Juli und dann von Heiko und schließlich von Sebastian. Kurz vor der Brücke sah er ein Veranstaltungsplakat. »Liebe ist eine Handvoll Konfetti. Bulli Buchfrust liest Bukowski. Heute in der Faust. Wollen wir da hin?«

»Was? Wie bist du denn drauf? Bist du jetzt unter die Intellektuellen gegangen?«

»Ganz im Gegenteil. Da geht's ums Saufen und ums Ficken.«

Diese Argumente waren für Richard ausreichend, sich, ohne zu meckern, anzuschließen.

Sie hatten die Wiese erreicht, auf der das Festival stattgefunden hatte. Es war alles kaum wiederzuerkennen und Bill hielt Ausschau nach dem Platz am Rand der Wiese, wo er Katja geküsst hatte. Er hätte sie früher besuchen sollen, sich eher kümmern sollen. Doch jetzt darüber zu lamentieren, war Quatsch. Er legte seinen Arm um Richards Schulter und rief: »Liebe ist eine Handvoll Konfetti. Scheiß was drauf, der Sommer ist toll gewesen.«

»Und er ist noch nicht vorbei«, erwiderte Richard nicht minder laut, während sie zur Faust gingen und sich in die Schlange einreihten.

Das Leben fängt jetzt richtig an, dachte Bill, nachdem sie den Eintritt bezahlt hatten und Richard, der alte Hansdampf, den schweren Vorhang beiseiteschob. Vor ihnen eröffnete sich das große, weite Nachtleben, das voller Träume und Hoffnungen war. Bill folgte seinem Freund und sie verschwanden im Getümmel.